# Lebenssplitter - Splitter des Lebens

von Brigitte Prem und Blanka Trunitschek

Bilder von Brigitte Prem

**Blanka Trunitschek** stammt aus der ehemaligen Tschechoslowakei, wo sie das Abitur bestritt und als Reisebürokaufmann arbeitete. . Nach der Heirat siedelte sie nach Deutschland um. Sie bekam zwei Kinder und arbeitete anschließend im medizinischen Beruf. Sie schrieb schon immer Erzählungen, in ihrer Jugend auch Gedichte und machte einige Kurse für kreatives Schreiben, bis sie sich entschloss die Schule des Schreibens zu absolvieren. Sie lebt in Düsseldorf.


**Brigitte Prem** wurde 1948 in Salzburg geboren, maturierte in Klagenfurt und fühlt sich daher Kärnten, Österreich, zugehörig. Sie studierte in Salzburg Anglistik, Germanistik und Romanistik und war nach Studienabschluss 40 Jahre lang Lehrerin. Berufsbedingt verbrachte sie einige Zeit in Irland und sieht viel Ähnlichkeit der irischen Kultur mit der kärntnerischen. Reisen nach Portugal, Deutschland und USA.
Brigitte Prem hat zwei Bücher veröffentlicht: "The Wee Folk" im Grin-Verlag und "Die Suche nach den drei Schätzen" im BOD-Verlag.

**Blanka Trunitschek und Brigitte Prem** haben gemeinsam drei Jahre lang die Schule des Schreibens in Hamburg besucht und Diskussionen über das Leben geführt. Sie sind zu dem Ergebnis gekommen, dass das Leben nur in Splittern erfassbar ist; an einigen solcher Splitter wollen sie die Leser teilhaben lassen. Da sind Szenen aus der Arbeitswelt wie "Der Betriebsausflug" oder "Die Sekretärin", Reflexionen über das Miteinander wie in "Das unendliche Geschenk der saligen Frau" , "Liese und Lotte" und "Sven Allmers",den sympathischen norddeutschen Polizisten, und Gedanken über Bio und Tierschutz in "Das Weihnachtsessen". Es gibt Geschichten mit Krimiflair wie "Oktober-Krimi" und "Schwesterlein und Brüderlein". In "Plentern" findet sich eine ernsthafte Auseinandersetzung über Umweltschutz. Hier finden wir auch den norddeutschen Polizisten Sven Allmers aus dem Oktober-Krimi und "Sven Allmers" wieder.
"Katzen" fühlt sich in Tiere ein, die Katzen sind aber gleichzeitig Symbole für bestimmte Menschentypen.
Fast schon ein Roman zum Thema Kommunikation "Das verlorene Kommunionsgeschenk". Und vieles mehr.
Besonderen Charme bieten die beiden Erzählungen über Musik: "Ein Novembertag - einmal anders" und "Das Konzert".

Viel Spaß und Erweiterung des Horizonts, das wünschen die Autorinnen den LeserInnen.

## Inhaltsverzeichnis

| | |
|---|---|
| **Ein Novembertag, einmal anders.** | Seite 5 |
| von Blanka Trunitschek | |
| **Ein Betriebsausflug** | Seite 9 |
| von Brigitte Prem | |
| **Das Konzert** | Seite 13 |
| von Blanka Trunitschek | |
| **Das unendliche Geschenk der saligen Frau** | Seite 16 |
| von Brigitte Prem | |
| **Das Weihnachtsessen** | Seite 22 |
| von Blanka Trunitschek | |
| Oktober-Krimi | Seite 25 |
| von Brigitte Prem | |
| Schwesterlein und Brüderlein | Seite 31 |
| (Eine Krimigeschichte) | |
| von Blanka Trunitschek | |
| Plentern | Seite 43 |
| von Brigitte Prem | |

| | |
|---|---|
| **Liese und Lotte** | Seite 47 |
| von Blanka Trunitschek | |
| **Die Sekretärin** | Seite 51 |
| von Brigitte Prem | |
| Katzen | Seite 55 |
| von Blanka Trunitschek | |
| Sven Allmers | Seite 70 |
| von Brigitte Prem | |
| Das verlorene Kommunionsgeschenk | Seite 77 |
| von Blanka Trunitschek | |
| Guter Sex | Seite 94 |
| von Brigitte Prem | |
| Der Wasserfall | Seite 100 |
| von Brigitte Prem | |
| Die Telefonzelle | Seite 105 |
| von Blanka Trunitschek | |
| April: Der Freizeit-Fotograf | Seite 110 |
| von Brigitte Prem | |

**Wie kommen wir hier raus??!**          Seite 117
von Blanka Trunitschek

**Ländliches Leben im All**          Seite 119
von Brigitte Prem

**Die Boisenbergs**          Seite128
von Blanka Trunitschek

**Soziale Schnittpunkte in einer Stadt, in S., Österreich**

**Menschen in Not**          Seite 136
von Brigitte Prem

# Ein Novembertag, einmal anders.

## Oder: Ein Rezept gegen Novemberblues? Ein Novemberblues!

von Blanka Trunitschek

Es war nicht sicher, ob wir, wie ich es mir gewünscht und auch vorgeschlagen hatte, in das „Glenn Miller Orchestra" gehen würden. Wir haben uns nicht präzise abgesprochen: Will er? Will nur ich? Alleine gehen will

ich nicht, ich weiß, dass er diese Art Musik auch mag und nur gegen seine Bequemlichkeit kämpft. Etwa dreimal habe ich angeklopft: wie ist es damit…? Aber es kam keine eindeutige Antwort. Heute Vormittag das letzte Mal. Gehen wir? Schmale Augenschlitze wendeten sich an mich und signalisierten Unlust. Starke Unlust. Verdruss eigentlich. Ob ich mich um die Karten kümmerte. Ich? Wo? Man müsste zur Vorverkaufsstelle! Oder doch direkt an der Abendkasse!
Plötzlich waren wir beide voller Tatendrang. Ich am Telefon. Drei Stellen waren nicht zuständig, die vierte wollte nicht bis zum Abend reservieren. Er am Computer, wo er eine Telefonnummer aussuchte und schon war er unterwegs, Karten zu kaufen. Eine tolle Leistung im Kampf gegen sich selbst!

Glenn Miller habe ich in den Knochen. Nein, unter der Haut. Oder im Kopf. Moonlight Melodie. Chata Nooga Choo Choo. Angebotene CD´s im Foyer brauchte ich nicht zu kaufen, davon habe ich zu Hause genug. Hatte ich nicht meinem Sprössling vorgeschlagen Trompete spielen zu lernen, um diese Melodien einmal nachspielen zu können? Wer kennt die heute noch? Das erfährt man gleich, wenn man ins Publikum schaut. Graue Köpfe, Gehstützen, sogar Rollstühle. An den Fingern einer Hand kannst du abzählen, wie viele junge Menschen sich für Glenn Miller Musik interessieren.

Zuerst stärke ich mich im Vestibül mit Kanapees. Unter den Klängen Millerscher Musik aus der Anlage nehmen wir auf dem Rang der Tonhalle Platz. Das tuen auch die Musiker auf dem Podium und schon geht es los. Der Schlagzeuger haut auf seine Becken, der Dirigent, Val Salden, sagt ein paar Worte und ein fünfzehn Mann Orchester lässt uns mitjazzen, mit den Fingern schnipsen und klatschen was das Zeug hält. In meinen Jungen Jahren nannten wir diese Musik einfach nur Jazz, diese Stücke sind überwiegend im Swing, einer Art von Jazz komponiert, also harmonisch, melodisch und, was die Hauptasche ist, mitreißend. Einzelne Interpreten spielen solo, geben ihre Show ab und lassen sich von den Kollegen ablösen, aber im Mittelpunkt steht der Einklang. Einige könnten es auch als Schnulze erklären, was niemand von uns, Liebhabern der Musik von Glenn Miller, tun würde.

Jedenfalls bebt die Tonhalle unter dem Applaus und als der Schlagzeuger sein Solo trommelt, tanzen meine Beine unter dem Sitz, die Hände klatschen sich heiß und ich habe nicht übel Lust mitzusingen. Deutlich höre ich sein deng, deng, tam tada, tam tada ding ding, daba daba ding ding. Und die Köpfe, ob grau, schwarz oder blondgefärbt, die ich von da oben sehen kann, neigen sich im Rhythmus vor oder seitlich und die Hände schlagen gegen die Oberschenkel. Da kann ich mir denken, wie die Herrschaften als junge Leute waren. Die Posaunisten, Saxophonisten und Trompeter jazzen hervorragend, auch ihnen macht es Spaß, zu spielen. Fast macht es den

Eindruck, dass sie nicht so aufgesetzt wirken, wie die Originalmusiker damals.

Auch die Sängerin singt perfekt mit Eleganz und Pep. Die Fliegen der Musiker sind farbenmäßig ihrem Kleid angepasst. Im ersten Teil ist es - übrigens ein langes, was sich in der Taille anschmiegt und einen tiefen Halsausschnitt hat - glutrot, nach der Pause flaschengrün. So haben auch ihre Schuhe die Farbe des Kleides. Beim Singen bewegt sie sich anmutig im Takt und klopft rhythmisch mit den roten oder grünen Schuhspitzen auf den Boden. Eine - hauptsächlich für die Männer- imponierende Erscheinung.

Aber das schönste Konzert geht auch nach drei Zugaben zu Ende. Es folgt ein gesittetes Räumen des Saales und ruhiges Anstehen vor der Garderobe. Niemand drängt, niemand rennt herum. Die gestrige Generation halt.

Morgen lasse ich bestimmt eine Platte laufen und dann singe ich aus vollem Hals die „Sentimental Journey" oder pfeife einfach nur die „Moonlight Melodie". Und vielleicht gelingen mir auch ein zwei Stepps?

So ein, gegen die Erwartung, strahlender Tag ließ uns den grauen November vergessen.

## **Ein Betriebsausflug**

von Brigitte Prem

„Teilst du mit mir das Zimmer beim Betriebsausflug?" fragt H. W.
„Ich würde gerne mitfahren, aber der Einzelzimmer-Aufpreis ist mir zu hoch".

Philipp schüttelt den Kopf:
„Es sind nur die von der Werkstatt dabei. Da passen wir zwei vom Büro nicht dazu".
„Ach, geh! Es kann trotzdem ein interessantes Wochen-Ende werden".
„Na gut, ich kann ja das Grab meiner Großmutter besuchen".

Im Bus erzählt Philipp die ganze Zeit von dem Traktor, den er alt erworben und repariert hat. Als er mit jeder einzelnen Reparatur durch ist, beginnt er mit den Pannen und wie er damit fertig geworden ist.

Es bekommt keiner ein anderes Wort hinein. Es kann kein anderes Thema angeschnitten werden. Aber Philipp bekommt nicht mit, wie sehr er die anderen langweilt.

Dann kommen sie an. Sie besuchen den Prater, der eine berühmte Vergnügungsstätte ist. Wieder nervt Philipp alle, indem er jedes Angebot mit dem Oktoberfest einer anderen Stadt vergleicht, wie viel unterhaltsamer es dort sei. Dann zieht er sein Handy heraus und vergleicht die Preise, die dort günstiger gewesen seien. Damit verdirbt er den meisten die Freude.

Am späten Nachmittag soll es zum Naschmarkt gehen.
„Ich will stattdessen das Grab meiner Großmutter besuchen", sagt Philipp.
„Ich kenne den Naschmarkt schon!" reagiert H.W. rasch.

„Ich komme mit dir."

Am Abend treffen sich H.W. und Philipp auf ihrem Zimmer. Es gibt kein offizielles Abendprogramm.

Berni hatte H.W. auf die Seite genommen und gesagt: „Wir gehen alle gemeinsam aus. Dich wollen wir dabei haben, Philipp nicht. Wenn du uns treffen willst: Wir verschwinden um 20 Uhr aus dem Gasthof und trinken an der Bar um die Ecke noch ein Bier. Vielleicht kannst du dich loseisen."

H.W. sagt zu Philipp: „Mein Onkel wohnt hier. Ich treffe ihn und gehe mit ihm essen". .

H.W. hat einen Onkel hier, aber er hat eigentlich keine Lust, mit dem Alten essen zu gehen; also trifft er sich mit denen von der Werkstatt.

Nach der Bar gehen sie zu einer anderen Gaststätte. Durch das Glasfenster sehen sie eine Gruppe Mädchen.
Roman wendet sich H.W. zu:
„Jetzt zeige ich dir, wie man mit Mädchen spricht."
H.W. ist der einzige Unverheiratete, obwohl er im selben Alter ist wie die anderen.

Roman geht auf die Kellnerin zu:
„Ist das dein Dienst-Gewandt?"
Die Kellnerin trägt ein Wasch-Dirndl. Da verdirbt Berni

im Hintergrund alles:

„100 Euro, wenn du mit mir schmust".

Die Kellnerin verschwindet und schickt einen männlichen Kellner.

Roman probiert es bei den Mädchen, die sie durch das Glas gesehen haben. Er geht mit ausgebreiteten Armen auf sie zu und singt:

„Ich bin der Anton von Tirol. Jeder weiß, was das bedeuten soll. Meine strammen Wadl sind ein Wahnsinn für die Madl".

Aber die Meldung von Berni hat die Mädchen schon verschreckt.

„Ihr seid wohl aus dem untersten Sumpf", sagt eine, und alle nehmen ihre Oberbekleidung und verschwinden.

Sie sitzen noch eine Weile bei Bier und Schnaps und sind alle schon mindestens etwas betrunken.

„Weißt du", sagt H.W. zu Roman. „Philipp tut mir Leid. Er ist auf der Abschussliste. Und obwohl sie im Büro das alle wissen, sind sie nicht sehr nett zu ihm."

„Wir trinken jetzt unser Bier aus", sagt Roman. „Dann legen wir zusammen und laden Philipp ein. Ruf ihn an!"

H.W. ist überrascht, wie sehr Philipp sich freut.

**Das Konzert**

von Blanka Trunitschek

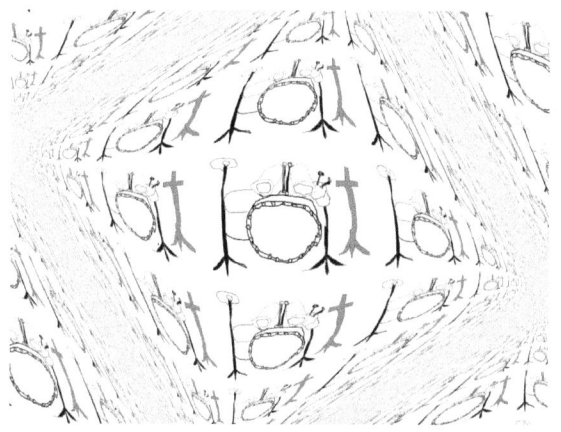

Es ist Sonntag, ich bin zu einer Matinee eingeladen. Der Saal im ehemaligen Schlossgymnasium füllt sich langsam. Vorn in der Ecke stehen ein Klavier und zwei Notenständer. Etwa zwei hundert stilechte Stühle werden durch buntes Publikum besetzt. Die Kinder sind festlich angezogen. Sie halten Instrumente fest und ich erfahre, dass dieses Konzert von ihnen veranstaltet wird. Es ist das Vorkonzert zum „Gerd Högener Preis", das von der städtischen Musikschule organisiert wird. Also ein Konzert der Jugend. Ich kann die Zehn- bis Vierzehnjährigen ausmachen, die Jungens im Anzug, die Mädchen, meistens langhaarig, in schicken Kleidern. Langsam beruhigt sich die aufgeregte Stimmung im Publikum. Die Eltern und Großeltern sitzen erwartungsvoll in ihren Plüschstühlen. Der Willkommensapplaus eröffnet das Geschehen.

Als erster kommt ein kleiner Junge vor und setzt sich an das Klavier. Man sieht ihn kaum, aber sofort erklingt sein fester Schlag auf die Tasten und man wird sich seines Talents bewusst. Fast möchte man sich im Takt wiegen.

Mein Blick wandert zum Fenster. Ein junger Spross des Ahorns ragt davor, der Wind spielt mit seinen Blättern, die an diesem Frühlingstag schon voll entfaltet und frisch und hellgrün wedeln, hin und her, hin und her, passend zur Musik.

Souverän trägt der Junge seine Etüden vor, unter deren sich auch das „Volksliedchen" vom Robert Schumann befindet.

Es folgen zwei dreizehnjährige japanische Kinder. Man weiß, dass bei großen Talenten der Zugang zur Musik und der Unterricht schon in frühester Jugend stattfinden. Bei dem Jungen war das schon ab seinem vierten Geburtstag. Er spielt die Sonatine von Dworak und eine von Harald Genzner. Diesen Komponisten kenne ich nicht und bin froh ihn jetzt kennengelernt zu haben.

Auch dem jungen Ahorn behagt die Musik. Als ob seine schlaksigen Arme jemanden umarmen würden, sie öffnen und schließen sich im Wind, neigen sich zu einer und bald zur anderen Seite.

Saxophon. Willig lässt sich das glänzende Instrument von einer vierzehnjährigen Nymphe festhalten, ihre Finger hüpfen auf seinen Knöpfen herauf und herunter und entlocken ihm liebliche Vivaldis Melodien. Das Mädchen ergibt sich dem Spiel, begleitet es mit dem ganzen

Körper, fast vergisst man, dass die Lippen es sind, die hier die schwerste Arbeit verrichten.

Und wieder ein Klavierbeitrag - der Chatschaturian. Heftig und doch mit Gefühl gespielt von einer Dreizehnjährigen. Die Noten und Körperenergie sind im Einklang.

Auch Klarinette ist hier vertreten, mein Lieblingsinstrument, lässt mich sofort an Gerschwin denken, aber heute ist es Klassik, von einem vierzehnjährigen Mädchen perfekt gespielt.

Den Abschluss bildet ein Duo aus Klavier und Geige. Eine kleine blonde Prinzessin und ein japanischer Schüler der internationalen Schule in Düsseldorf, der schon seit seinem fünfjährigen Lebensjahr die Violine spielt. Die zwei sind der Höhepunkt des Konzertes, verständigen sich mit Blicken, die Einsätze perfekt ausgeführt. Einmal gibt die Geige den Auftakt, einmal das Klavier. Die langen blonden Haare teilen sich im Spiel und fallen über die Schulter. Das ist die einzige Regung der Klavierspielerin, sonst bewegen sich nur die Hände, die Finger tanzen bestimmend auf den Tasten, während der Junge konzentriert den Bogen zieht und seine Geige auf das Klavierspiel antwortet. Meine verborgene Abneigung gegen Strawinsky ist abgelegt, durch das Spiel der beiden habe ich die Voreingenommenheit beiseite getan. Das Konzert ist zu Ende. Auch der junge Ahorn hat sich beruhigt, das dünne Stämmchen trotzt dem Wind, die Blätter lassen sich von der Sonne bescheinen. Wir lassen uns von den nachhallenden Tönen nach Hause tragen.

## Das unendliche Geschenk der saligen Frau[1]

von Brigitte Prem

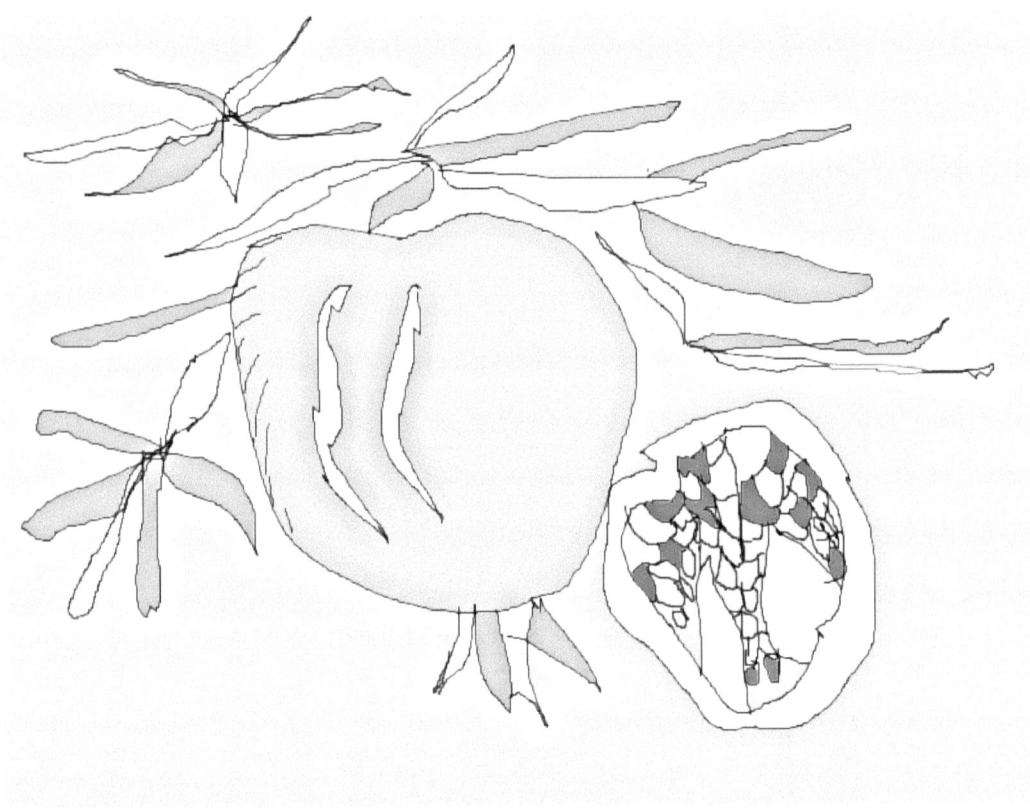

Frau Kerschbaumer, die Mutter von Jakob, Frau Bäumler, die Mutter von Sepp, und Frau Reiser waren Schwestern. Frau Kerschbaumer und Frau Bäumler saßen auf der

---

[1] Die saligen Frauen, mythische Gestalten, werden als scheue, aber hilfsbereite und weise Frauen beschrieben. Sie geben manchmal „unendliche (=immer währende) Geschenke", deren Besitz aber an eine Bedingung geknüpft ist.

Terrasse des Hauses, das der Familie Kerschbaumer gehörte. Frau Kerschbaumer lobte ihren Sohn:

„Jakob hat in der Fremdsprachen-Prüfung die beste Note bekommen".

„Da hast du Glück", antwortete Frau Bäumler.
„Noch dazu in der Höheren Schule. Sepps Mathematik-Lehrer hat mich schon wieder in die Sprechstunde zitiert, weil er so aufmüpfig ist."

Jakob hörte, hinter einem Baum stehend zu und sah sehnsüchtig durch den Zaun zur Dorfjugend auf einer aufgegebenen Wiese, wo sich sein Kusin Sepp „zur Gaudi" mit einem Riesenkerl balgte.

Was waren schon Schulnoten? Er hatte gute Noten in der Höheren Schule, aber gerade diesem Riesenkerl, der nur in die Dorfschule ging, hatte er am Vortag mit einer Touristin in ihrer Sprache „blödeln" zugehört, was er nicht gekonnt hätte. Er hatte nicht einmal alles verstanden.

„Ich musste Sepp in die Privatschule geben. Im Dorf darf man in der öffentlichen Schule nicht mitkriegen, wie dumm er ist", hörte er seine Tante Bäumler sagen.
„Ich weiß nicht, warum er gegenüber Lehrern so aufmüpfig ist. Bei uns in der Jugend integriert er sich ja recht gut. Weiß du es, Jakob? Was machst du, dass die Lehrer

dich mögen?"

„Ich tu ihnen nichts", dachte Jakob, aber er sagte es nicht. „Auch, wenn sie Fehler machen, tue ich ihnen nichts. Jeder macht schließlich Fehler".

Als seine Mutter für das heutige Kaffeekränzchen einkaufte, erzählte sie der Bäckerin von seinen guten Noten.

„Du sollst doch nicht so mit mir angeben!", sagte er zu seiner Mutter auf dem Heimweg.
Sie sah ihn verständnislos an.
„Aber das ist doch schön", erwiderte sie.

Als im Turnunterricht einmal zum Wettrennen aufgefordert wurde, fragte er einige Mitschüler:
„Darf ich mit euch rennen?"
„Ja, ja", stimmten die willig zu.
Von denen aber wusste er, dass sie nicht besonders schnell rannten. Man muss aber sagen, dass er selbst grenzenlos erstaunt war, als er in der Gruppe der schnellste war. Er war sich wohl seines Tricks bewusst. Das trug zu seiner Verunsicherung bei. Aber als er das seiner Mutter erzählte, winkte die ab:
„Du warst müde".

Wie sein Kusin Sepp hielt er sich instinktiv aus Wettbewerbssituationen heraus, in denen er unterliegen hätte können. Es geschah aber aus anderen Gründen: Sein

Kusin wollte Konfrontationen vermeiden, Jakob wollte sich selbst das Bild bewahren, das er von sich hatte.

Mit großem Bemühen schaffte er es manchmal, besser als der Durchschnitt zu sein. Jakob war irritiert:
„Wie bin ich?" fragte er sich.
„Hat Mama Recht, dass ich besonders gescheit bin? Oder bin ich einfach nur ein Streber?"

Jakob ging auch viel spazieren, und er ging immer allein. Das war ihm recht. Er liebte es zu beobachten. Und manchmal stieg er auch mit seiner Schüler-Halbpreiskarte in einen Zug und fuhr eine Station ins Grüne.

Eines Tages kam Frau Reiser, „Frau Tant´", wie sie genannt wurde, zu Besuch. Sie war gerade in der Türkei gewesen und brachte ein Säckchen Granatäpfel mit. Alle in der Familie wussten, was Granatäpfel waren, aber es war ein märchenhafter Klang mit mythischer Bedeutung. Keiner von ihnen hatte je einen Granatapfel gesehen. Die Granatäpfel wurden bewundert, dann nahm Frau Tant` einen, und sie nahm ein Messer und eine Stricknadel und erklärte, wie man damit umging:

„Wir haben hier einen Granatapfel."
Der Granatapfel war größer als ihre beiden Fäuste.
„Man erkennt die Reife, indem man versucht, ob er fest ist. Er muss sehr schwer sein, groß und rund und rot".

Sie knetete den Granatapfel mit beiden Händen.

„Man kann den Granatapfel kneten, auf der Tischplatte drehen und massieren und einen Trinkhalm hineinstecken und den Saft trinken".

Sie machte mit der Stricknadel ein Loch und steckte einen Trinkhalm hinein. Alle tranken.

„Oder man kann ihn halbieren".

Als sie den nächsten Granatapfel durchschnitt, rann der rote Saft wie Blut heraus.

„Man halbiert ihn noch einmal und nimmt mit den Fingern die Granaten aus den Kammern, oder man klopft auf die Schale, bis die Granaten herausfallen".

Dann gab sie Jakob einen Granatapfel.

„Geh und zeig ihn deinen Freunden!"

Jakob sah sie zweifelnd an, nahm den Granatapfel und ging.

Er wusste, wo seine Freunde waren. Sie waren stadtauswärts und spielten Fußball. Er nahm den Lokalzug und fuhr hin. Aber er ging nicht zu seinen Freunden. Er ging in den Wald hinauf und sah von oben her zu.

Plötzlich stand eine Frau hinter ihm.

„Du hast einen Granatapfel", sagte sie.

„Ich will ihn nicht".

„Dann tauschen wir!"

Sie hielt ihm ein kleines verkrüppeltes Äpfelchen hin. Jakob lachte und gab ihr den Granatapfel.

„Den kann ich ihnen aber auch nicht zeigen", rief er und biss in den Apfel und aß ihn auf.

Dann lief er zu den Fußballspielern und spielte mit. Er spielte nicht gut, aber sie brauchten einen Spieler und er freute sich mitzuspielen.

Er hatte ein Geschenk bekommen. Er vergaß es. Er wusste auch nicht, dass er ein unendliches Geschenk von einer saligen Frau bekommen hatte, und obwohl ihn dieser verkrüppelte Apfel sein Leben lang begleitete, dachte er nie wieder daran.

Als die Kinder sich zerstreuten und er zum Zug lief, fiel ein Apfel von einem Baum links vom Wege und hüpfte vor ihm her. Er hüpfte die Allee hinunter, rollte über die Straße und blieb in der Station der Lokalbahn liegen.

Am nächsten Tag ergriff er einen befleckten Klarapfel vom Küchentisch und aß ihn, während er zur Schule ging.

Der Apfel begleitete ihn sein ganzes Leben, und da keine Bedingung an seinen Besitz geknüpft war, verlor er nie seine Wirkung. Und er genoss es, aber er vergaß der saligen Frau, die ihn ihm gegeben hatte.

# **Das Weihnachtsessen**

von Blanka Trunitschek

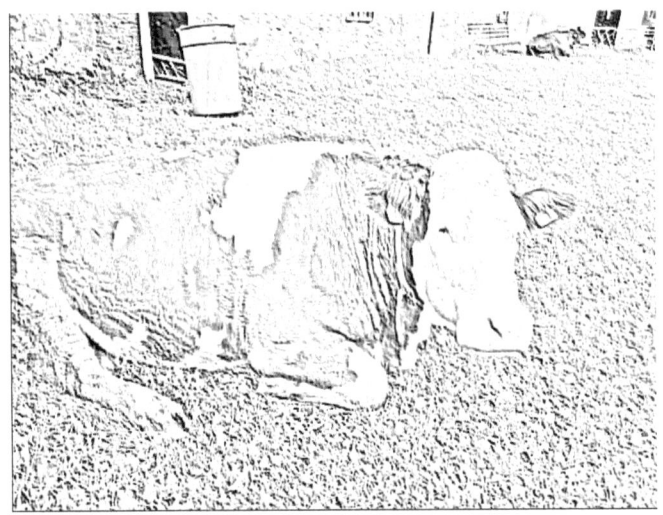

Dialog:

**A)** Was essen wir dieses Jahr zu Weihnachten?

**B)** So wie immer. Du bekommst dein Schnitzel und ich den Karpfen.

**A)** Und Kartoffelsalat!

**B)** Klar, das gilt doch wie das Amen in der Kirche! Am Heiligen Abend ohne Kartoffelsalat! Kann ich mir gar nicht vorstellen!

**A)** Aber mit dem Schnitzel, das muss ich mir noch überlegen. Ein Kalbsschnitzel a la Wienerschnitzel, so groß wie der Teller selbst? Schön dünn geklopft und in Butter gebraten? Hmm! Aber soll für mein Schnitzel ein Kalb sterben müssen?

**B)** Dir ist doch egal, was sich unter der Panade versteckt. Dann nimm Schweineschnitzel. Von einem Schwein haben mehrere etwas. Auch die, die zu dem weihnachtlichen Kartoffelsalat nur ein Würstchen essen.

**A)** Neulich haben die im Fernsehen gezeigt, wie man die kleinen Ferkel totschlägt, weil die Geburtenquote überdurchschnittlich hoch war. Da ist mir der Appetit vergangen. Und du? Willst du nicht beim Aldi Putenschnitzel kaufen? Dann bräuchtest du nicht für den Karpfen anstehen.

**B)** Putenschnitzel? Kannst du das ganze Jahr haben. Das ist doch nichts Besonderes mehr. Zumal du gestern in der Sendung sehen konntest, wie man die Puter hält! I gitt, i gitt, in eigenem Dreck sind die schnabelbeschnittenen Tiere gelaufen, manche hinkend, weil der gemästete Leib sie zu Boden zog, so wie er schwer war.

**A)** Ich weiß nicht, wer von uns sich so etwas auf den Teller wünscht. Wenn ich Putenbrust kaufe, dann als Alternative zum Schweinefleisch, welches mir wegen meiner Cholesterinwerte verboten wurde. Was bleibt denn noch? Du glaubst doch nicht, dass ich Tofuschnitzel kaufe. Und das zu den Feiertagen!

**B)** Also ich das Schweineschnitzel und du den Karpfen. Hoffentlich kaufst du dir ein-zwei Portionen mehr und wirst nicht jeden Tag extra ein Stück Fisch braten und die ganze Wohnung damit vollmiefen! Und denk dran, eine andere Pfanne zu nehmen, als die für mein Schnitzel!

**A)** Das tue ich doch immer. Aber dann haben wir doch noch die zwei Weihnachtstage. Bleibt es beim Sauerbraten?

**B)** Na klar. Den kaufen wir schon fix und fertig eingelegt und den mache ich selbst.

**A)** Schön dann, das hätten wir geklärt. Und am zweiten Feiertag?

**B)** Essen wir Reste. Es wird doch etwas von dem Kartoffelsalat übrigbleiben?

**A)** Gewiss. Weißt du, wir sollten nächstes Jahr über Weihnachten verreisen. Dann hätten wir nicht so viel überlegen müssen.

**B)** Ich reise über Weihnachten nirgendwo hin. Außerdem, weißt du, was du im Hotel zu essen bekommst? Da gehe ich doch lieber zu Edeka und sehe mir bei ihren Metzger das Fleisch an, welches ich kaufen will.

**A)** Da weißt du auch nicht, wo die das Fleisch kaufen. Sicher im nächstgelegenen Schlachthof. Aber woher die Tiere dorthin kommen, erfährst du auch nicht. Und vom Bauer kommt das Fleisch auch nicht direkt. Wo hast du in unserer Gegend einen Tierbauer? Und überhaupt: Siehst du auf den Wiesen noch Kühe?

**B)** Nee, dort „züchtet" man jetzt Strom.

**A)** Na siehst du. Überall nur Stromkollektoren. Die „Glücklichen" Kühe sind im Stall und futtern Trockenvitamine.

**B)** Was ist das schon wieder?!

**A)** Alles künstlich: Heu, Trockenfisch, Chemie. Was weiß ich was noch. Du denkst doch nicht, dass die heutige Kuh den Löwenzahn, oder die Kornblume noch zu sehen bekommt. Nicht in unseren Breitengraden.

**B)** Die glücklichen Kühe gibt es wahrscheinlich nur in Holland. Ich muss doch mal bei Google schauen, ob ich ein Bauernhof finde, wo ich Frischgeschlachtetes bekommen könnte.

# Oktober-Krimi

von Brigitte Prem

Die Wälder lagen in glühenden Oktober-Farben: das Rot der Eberesche, das Gelb der Buche, das noch zarte Grün der Birken und Lerchen, bunte Farbflecken im Fichtengrün, und darüber der Abendsonnenschein; dazwischen die Schatten der Felsen und Berghänge, die immer dunkler wurden. Der aus flacher Landschaft kommende Sven schaute begeistert. Plötzlich kam ihm etwas auffallend vor: Unter einem Gestein sah er eine Gestalt, die nicht hingehörte. Es war ein Mensch in teurem grauem Anzug, und er lag seitlich mit dem Gesicht halb im Gras. Sven ging hin und sprach den Liegenden an – der rührte sich nicht. Er nahm ihn bei der Schulter, und das Gesicht rollte in Svens Blickwinkel. Leere Augen starrten ihn an – der Mann war tot. In seiner Stirn klaffte eine blutige Wunde.

Sven meldete den Fund bei der örtlichen Polizei. Und obwohl sein Instinkt sofort Sonderbares witterte – warum der unpassende Anzug, ein Mann mit 45 Jahren, fit, durchtrainiert unter einem Steinhaufen? – kümmerte er sich nicht weiter darum. Sven war zwar Polizist, aber er war im Urlaub. Sein Wirkungsfeld war 100e Kilometer entfernt.

Sven ging zu seinem österreichischen Freund Beinhart Heribert, um sich zu beruhigen. Der tote Körper und die blutige Stirn machte ihm zu schaffen, und er erzählte Heribert davon, als dieser ihn in das erste Stockwerk in sein Wohnzimmer führte.
„Sag einmal, heizt du noch nicht? Es hatte heute Früh 7 Grad Celsius".
„Ich wärme mit Sonnen-Energie. Ich muss den ganzen Winter über kaum zu heizen."
„Und dann verwendest du Holz – ich habe gesehen, dass du an der Wand Holz aufgestapelt hast".

Plötzlich hörten sie laute Männerstimmen:
„Und ich sage dir, wenn jemand bereit ist, das Zusammenleben in unserem Dorf zu zerstören, verdient er die Todesstrafe!" schrie jemand.

„Ach, das ist nur der Raimund", erklärte Heribert. „Der ereifert sich, weil der Pointner die Linden auf dem Dorfplatz um schneiden und das Dorfgrün wegtun will, um einen Parkplatz für seine geplante Freizeitanlage zu machen. Aber das geht ihm sowieso nicht durch. Dafür wird schon der Pfarrer sorgen".

„Hallo", rief Sven. „Warum dröhnen die Stimmen so laut?"
„Das ist der Heizungsschacht. Durch den kommt die Wärme von der Fußbodenheizung in diesen Raum", machte Heribert begreiflich, stand auf und setzte einen Stöpsel auf den Heizungsschacht.
„Und was ist das mit der Zerstörung des Dorfplatzes und dem Pfarrer?"
„Der Pfarrer macht morgen auf dem Dorfplatz ein Pfarrfest mit Kindern, und er hat alle Medien des Landes eingeladen, die darüber schreiben werden, dass die armen Kinder das letzte Mal hier spielen. Damit ist der Pointner draußen, und der Raimund braucht sich gar nicht so aufzuregen".
Als Sven die Straße hinunter zum nächsten Ort zu seinem Quartier ging, traf er den örtlichen Polizisten. Ihm fiel der Tote wieder ein.
„Weiß man schon, wer es ist?" fragte er.
„Ja, ein Industrieller. Pointner heißt er."
Sven zuckte zusammen. Der Name war doch bei Beinhart Heribert gefallen.
„Und weiß man mehr?"
„Der Pointner ist ziemlich rücksichtslos. Obwohl keine existentielle Notwendigkeit bestand, hat er Arbeitsplätze ausgelagert und damit Lebensgrundlagen zerstört. Da kann schon jemandem der Kragen geplatzt

sein."

Sven überlegte. Dieser aufgebrachte Raimund konnte der Mörder sein. Oder einer der „Häuselbauer", die durch die Auslagerung der Arbeitsplätze ihren Lohn verloren hatten und ihr Haus aufgeben mussten. Aber was hatte Herr Pointner im feinen Anzug überhaupt dort draußen zu suchen? Herr Raimund wusste von der Aktivität des Pfarrers noch nichts, und dann war noch die Frage, ob der Pfarrer Erfolg haben würde. Herr Raimund hatte also ein Motiv. War das mit der Auslagerung schon gelaufen? Wenn ja, waren die „Häuselbauer" wohl draußen, denn der Mord würde ihre Situation nicht ändern. Die Polizei würde sich erkundigen müssen. Oder doch ein reiner Racheakt?

Sven biss auf seiner Unterlippe herum, dann machte er sich zum Fundplatz der Leiche auf. Trotz seiner verstörenden Situation hatte er zwei nette Erlebnisse: Er sah einen Schwarzstorch und er fand eine Krause Glucke. Der Fundort aber gab nichts Neues preis.

Er kam dann gerade zum letzten Bus zurecht – es fuhren nur zwei im Tag. Es war zwar nicht so weit, aber Sven entschied, dass er seine Beine für diesen Tag schon genug bewegt hatte. Heribert Beinhart und ein anderer wechselten sich als Busfahrer ab. Diesmal war der andere dran. Auch mit ihm kam Sven ins Gespräch.
„Ja", sagte der Busfahrer. „Da haben Sie etwas Schönes

gefunden. Hin und wieder einen Schwarzstorch und die Krause Glucke gibt es nur da draußen. Die Krause Glucke wächst dort allerdings recht üppig."

Am nächsten Tag war auf dem Dorfplatz das Kinderfest, das die Vernichtung des Dorfplatzes verhindern sollte. Es war im Grunde ein Kinderfest mit organisierten Kinderspielen. Nur dass sich Medien-Leute durch die Menge drängten und Kinder und Leute befragten.

Sven tat ein Übriges: „Ich komme aus Nord-Deutschland und ich bin fasziniert von der Landschaft, der Kultur und den Leuten hier. Ich habe noch nie ein Dorfgrün gesehen. Und die alten Linden! Und der 400 Jahre alte Brunnen! Ich bin begeistert!" Er erwähnte also all die Dinge, die hoffentlich nicht verschwinden würden.

Während er sprach, hörte er eine Gruppe Kinder: „Gestern hat mein Vater einen Korb Krause Glucke mitgebracht. So lustig haben die ausgeschaut. Und so gut haben sie geschmeckt".
Sven biss die Zähne zusammen, noch mehr, als er eine erwachsene Stimme hörte:
„Das mit der Auslagerung wird jetzt Gott sei Dank nichts. Der Nachfolger vom Pointner macht das nicht."

Sven dachte über alle Indizien, die er gesammelt hatte, nach: Der Mord verhinderte die Auslagerung von Arbeitsplätzen, er stellte die Existenz des Dorfplatzes sicher, der das kulturelle Zusammenleben der einheimischen Bevölkerung bestimmte, die Krause Glucke, die nur am Fundort der Leiche wuchs, die Kinder, die am Mord-Tag Krause Glucke gegessen hatten.

„Ich bin im Urlaub", dachte er. „Und alle, von denen ich weiß, sind ohne Pointner besser dran. Aber Mord ist Mord, und Mord kann nicht geduldet werden."

Dann setzte er sich zu dem einheimischen Polizisten und fragte:
„Wer ist der Vater von diesen Kindern?"
„Das wäre ein ganz Armer gewesen, wenn die Auslagerung durchgegangen wäre. Er hätte nur Leiharbeit in der Großstadt nehmen können. Seine Frau wäre ihm mit den Kindern nicht mitgegangen, weil sie zu Recht sagt, sie will nicht leben, wo sie eine halbe Stunde mit der Straßenbahn fahren muss, um den Kindern ein bisschen Grün zu zeigen. Sie hätte mit den Kindern bei seinen Schwiegereltern unterschlüpfen können, mit viel Mühe. Aber für ihn wäre kein Platz mehr gewesen".

Sven atmete durch.
„Trotzdem….", und er sagte dem Polizisten alles, was er herausgefunden hatte.
„Es sind nur Indizien", erwiderte der. „Ich werde nicht lügen, aber ich werde auch nicht laut hier schreien. Sollen die von der Mord-Kommission ihre Arbeit tun".
Sven schwieg.

## Schwesterlein und Brüderlein

(Eine Krimigeschichte)

von Blanka Trunitschek

Es ist der 08. Februar, Karnevalsmontag. In der Umgebung Düsseldorfs steht alles Kopf. Eine Familie mit einem etwa dreijährigen Jungen stellt sich auf der Königsallee an. Sie sind in Clounskostümen gekleidet. Es ist schon bald vierzehn Uhr. Man hört die Fanfarencorps nahen, die die allegorischen Wagen ankündigen. Die Karnevalisten wiegen sich im Takt oder singen sogar die

Karnevalslieder mit, denn die hört man auch aus den Lautsprechern . Eine Flasche Wodka macht die Runde, die Kinder bekommen Tee aus der Thermosflasche.

„Sie kommen, sie kommen", rufen manche Kinder und drängen sich nach vorn, um die zugeworfenen Kamelle aufsammeln zu können.

„Nicht so nahe an die Straße, Yannik", ruft seine Mutter Christina, aber sie weiß selbst, welche Versuchung das für die Kinder ist.

Nachher will einer den anderen übertrumpfen und jeder zeigt den Inhalt seines Beutels herum.

„ Ich gehe noch schnell zur Toilette", sagt Vater Jan, „jetzt wird es dort leerer sein."

„Alles klar", antwortet Christina, schaut kurz zu den Füßen, wo sich Yannick schon eine Fangposition errungen hat. Sie unterhält sich mit Nebenstehenden, ruft mit ihnen Helau! und winkt den Fahrenden zu. Ob sich noch einer dazustellt oder weggeht, das merkt hier niemand. Es ist eine ständige Bewegung in dem Pulk, Leute rufen sich zu, winken, singen, gehen zu anderen Gruppen, unterhalten sich schreiend. Es ist eine bunte Masse von Menschen, die eine ausgelassene, fast möchte man meinen, gezwungen ausgelassene, Laune demonstrieren. Heute fragt niemand, ob sie tatsächlich glücklich seien, ob sie einen super Job hätten, ob sie auch eine Kündigung bekamen, wie so viele andere in dieser Zeit. Heute wird gefeiert.

„Yannick!", ruft seine Mutter. Sie hat ihn aus dem Blick verloren. „Yannick, kommt da raus", ruft sie, hat Angst,

dass er niedergetrampelt wird, so klein, wie er ist.
„Yannick! Haben Sie den Yannick gesehen?" Bekannte und Unbekannte schauen kurz nach unten, wo sich die ganzen Kinder tummeln. Inzwischen ist auch der Vater da, beide rufen, fast übertrumpfen sie die Lautsprecher, Yannick meldet sich nicht. Christina hat schon Tränen in den Augen, Jan ist sichtlich beunruhigt.
„Nun, wartet erst mal, in einer Viertelstunde wird sich alles auflösen!", raten die Freunde. Ein Weilchen bleiben sie noch und schauen sich um, gehen ein paar Schritte nach rechts, ein paar Schritte nach links und rufen dabei nach ihrem Kind. Jan hat sein Handy dabei und kurzentschlossen ruft er die Polizei.
„Jetzt kommen wir nicht durch, aber kommen Sie sofort auf die Wache um die Beschreibung abzugeben."
„Du bleibst hier, ich gehe zur Polizei. Je früher wir etwas unternehmen, desto besser", sagt er überzeugt zur Christina.
Der Karnevalszug ist vorbei, die Leute gehen in Gruppen nach Hause, erheitert durch Alkohol. Einige kehren in die Kneipen der Altstadt ein. Die Straßen sind voller Unrat. Überall liegen Schnipsel, die aus den Papierkanonen abgefeuert wurden, Pappbecher, kleine leere Schnapsflaschen. Dazwischen steht ratlos und weinend Yannik´s Mutter. Jan kommt angerannt, kurz nach ihm kommen zwei Männer in Anzügen.

Seltsame Erscheinung am heutigen Tag. Sie reden auf Christina ein, versuchen sie zu beruhigen.

„Wir haben eine Beschreibung Ihres Sohnes bekommen. Ein Foto hat Ihr Mann auch dabei gehabt, also gehen Sie jetzt nach Hause, vielleicht ist Ihr Sohn schon mit den Nachbarn gegangen. Wir werden sofort eine Suche starten."

Zu Hause können sie nicht miteinander sprechen. Alle Gedanken sind bei dem Jungen. Wie geht es ihm? Hat er Hunger, ist ihm kalt? Wo hält er sich auf?

„Meinst Du, er ist entführt worden?" Christina bricht die Stille.

„So etwas will ich gar nicht denken. Aber man kann nichts ausschließen, das sagten sie mir schon bei der Polizei. Ich denke, dass er irgendwo in einer Ecke schläft und jemand wird ihn abliefern."

Jan versucht sich selbst zu beruhigen. Da bekommt er eine Idee.

„Ich gehe nochmal raus, du bleibst hier, wenn jemand anrufen würde."

Er denkt an die Ex. Sie wollte nie Kinder haben. Sie sagte immer, als Lehrerin hätte sie ständig Kinder um sich. Draußen tippt er die alte Telefonnummer in sein Handy. Sie meldet sich. Sie scheint überrascht über seinen Anruf und fragt ob er sie besuchen möchte? Bei ihr angekommen schießt er sofort die brennende Frage heraus.

„Ist unser Yannick bei dir?"

Sie beachtet die Frage nicht, fragt ihn, wie es ihm gehe, ob er mit ihr essen gehen möchte.

„Julia, ich suche meinen Sohn!", ruft er erregt und schaut sich dabei ihre Wohnung an. Eine Oberflächlichkeit strahlt ihm entgegen. Die Frühstücktasse steht noch auf der Spüle, ein Schal ist über das Sofa geworfen, eine Clown Nase liegt auf dem Dielenschrank.

„Warst du heute zum Karnevalszug in der Stadt?" Julia sieht ihn nicht an und antwortet gegen die Fensterscheibe:
„Nein, du weißt, dass ich so etwas nicht mag. Gestern musste ich an einer Sitzung in der Turnhalle mitmachen."

Er erinnert sich. Sie war ständig irgendwo in den Sportstudios, viermal in der Woche mindestens. Nie hätte sie Zeit für ein Kind. Er verabschiedet sich kurz. Julia sitzt alleine in ihrer Wohnung in einem Düsseldorfer Brennpunktviertel. Gerade an so geselligen Tagen, wie im Karneval, kann sie die Einsamkeit kaum ertragen. Sie denkt an die gemeinsamen Tage mit Jan, im Karneval sind sie immer weggefahren. Sie liebt Schnee und Berge, aber während des Karnevals sind sie in den Sauerland gefahren. Das ist nicht zu weit.

Den Trubel auf der Kö, den hat sie nie gemocht. Es war alles schön, bis er sich in den Kopf gesetzt hat, dass er sich Kinder wünschte. Dass er sein Wissen weitergeben möchte. Dabei waren sie sich einig gewesen. Keine Kinder! Machen nur Arbeit, bringen nur Stress, kosten eine Menge Geld. Aber dann blieb er weg. Zuerst eine Nacht, dann ein Wochenende, hatte immer irgendwelche Ausreden. Aber sie hatte es gefühlt und hatte ihn zur Rede gestellt. Erst provozierte er Streit, aber sie hatte alles rausbekommen. Dann zog er einfach aus. Auf dem Tisch lagen Scheidungsunterlagen. Und eine Mitteilung, dass er mit seiner Neuen ein Kind bekommt. Wegen eines Fratzen! Mir hat er was vorgelogen! Dass es ihm so gefällt, dass sie sich auch ohne Kinder lieben würden und was nicht alles! So lange waren sie ohne Kinder glücklich. Warum konnte das so nicht weiter gehen? Ohne Kinder? Ein Plan wuchs in ihrem Kopf…

Die Vermisstenanzeige bekommt einen Namen:

„Der Fall Yannick."

Die Polizei hatte die Presse informiert. Ein Foto des kleinen Jungen steht in der Zeitung. Ein Team um Kommissar Stelter übernimmt den Fall.
Stelter ist ein erfahrener Ermittler.

Die hitzigen Vorschläge der jungen Kollegen ignoriert er nicht, diskutiert mit ihnen alles nochmal durch. Als er von der Exfrau des Vaters hört, lässt er sie von seinem Assistenten „durchleuchten".

„Aber diskret, bitte", sagt er zu ihm.

Die Hotline der Polizei steht nicht still. Es gehen viele nicht verwertbare Hinweise ein, denen trotzdem sofort nachgegangen wird. Bei der Familie gehen zahlreiche Anrufe ein, die abgehört werden.

Auch Julia erhält einen Anruf.

„Ich habe gesehen, dass du mit Taschen voller Lebensmittel nach Hause gehst. Willst du auf einmal zunehmen?"

Es ist ihr Bruder. Sie stehen sich nicht besonders nahe, aber aus dem Weg gehen sie sich auch nicht.

„Warum rufst du mich an? Du willst mich sicher nicht nach meinem Gewicht fragen?"


Viel Vertrauen hat sie nicht in ihn, nach seinem Aufenthalt im Jugendsicherheitstrakt der Vollzugsanstalt in Düsseldorf in seinen Jugendjahren. Sie weiß nicht, wie ehrlich er ist.

„Also, für wen kochst du neuerdings? Willst du mich nicht einladen? Wenn ich den Kerl sehe, kann ich dir gleich sagen, ob er was taugt!"

„Du kannst mal kommen, aber da ist kein Kerl."

„Na gut, morgen zum Abendessen!"

Nach einem, für Bernd ungewöhnlich opulentem, Abendbrot, das jeder mit mindestens zwei Gläsern Wein herunter gespült, wird Julia redselig.

„Ich habe ein Kind", fängt sie an.

„Wie denn das, ich habe nicht gesehen, dass du schwanger warst."

Bernd ist jung und spitzfindig.

„Es ist auch nicht meins", antwortet sie mit einem Seufzer, der ihre momentane Ratlosigkeit verrät.

„Nicht deins? Hast du es adoptiert? Wie alt, na red´ schon!"

„Es ist ein Junge, etwa dreieinhalb, er ist mir einfach zugelaufen" lügt sie.

„Zugelaufen? Wie ein verprügelter Hund? Kinder laufen einem nicht zu, die sind bei ihren Eltern, Großeltern, werden in Heime gesteckt, aber sie laufen einem nicht zu!"
Er redet sich in Rage.

„Hast du ihn vielleicht entführt?"

Sie sieht ihn unter den Augenlidern an.

„Also entführt. Ist das der aus der Zeitung? Und jetzt? Willst du in den Knast?"

„Ich halte ihn gut versteckt."

„Darf man fragen, wo du ihn versteckt hältst, dass die Polizei immer noch keine Spur hat?" Er scheint informiert zu sein.

„In der Hütte".

„In der Hütte? In der alten Bruchbude?" Aus dem Erbgut

ihrer Eltern hatten die zwei das Sommerhäuschen im Bergischen bekommen. Es war schon ziemlich heruntergekommen, aber Julia verbrachte dort gerne ihre Sommerferien.

„So schlimm ist es dort nicht, nur etwas kalt im Moment."

„Und weiter?", bohrt ihr Bruder. „Was willst du mit dem Kind? Lösegeld fordern? Dazu hast du keine Nerven! Und glaube nicht, dass ich dir dabei helfe. Bring ihn zurück!"

„Dann werden sie mich einsperren! Ich wollte dem Jan nur einen Schreck einjagen für das, was er mir angetan hat."

Ihr Bruder schüttelt nur den Kopf.

In Düsseldorf läuft Christina Amok. Die Ungewissheit lässt sie nicht schlafen, nicht essen, nicht sprechen. Sie macht sich Vorwürfe auf den Jungen nicht gut aufgepasst zu haben. Sie macht Jan Vorwürfe, überhaupt zum Karnevalszug gegangen zu sein. Eine angespannte Situation. In der Wohnung wechseln sich die Kripobeamten ab und warten auf den entscheidenden Anruf. Aber der bleibt aus. Eine tiefe Stille herrscht über allem. Die Tasse Kaffee wird behutsam auf den Tisch gestellt, man läuft fast auf Zehenspitzen. Draußen duftet es nach Frühling. Birken und Pappeln bekommen kleine grüne Blättchen, Krokusse breiten sich auf den öffentlichen Rasenflächen aus. Jetzt muss Yannick seine Histamin

Spritze bekommen, sonst hustet er sich kaputt, kommt es Christina in den Sinn. Und wieder geht ein Tag zu Ende, ohne nennenswerte Ergebnisse, ohne erfolgreiche Suche der Polizei.

Julia und Bernd machen sich noch am selben Abend auf den Weg nach Dabringhausen, wo das elterliche Sommerhäuschen steht. Schemen von noch unbelaubten Bäumen säumen die Straße, vom Osten her zwingt sich der Vollmond durch dunkle Wolken. Das Holzhaus liegt unter dem Hang, sie lassen den Wagen an dem Zufahrtsweg stehen. Um diese Jahreszeit ist die Wochenendhäuschen Siedlung verlassen. Julia zittert unter ihrem Wintermantel. In der Hand hält sie einen Stoffbeutel mit Lebensmitteln und Getränken. Die Dunkelheit verhüllt die niedergetretene Rasenfläche vor dem Eingang. Sie schließt die Tür auf und tritt, sich um leise Schritte bemühend, in den Wohnraum.

„Na, wo hast du deinen Zögling?", fragt zynisch ihr Bruder.

„Im Schlafzimmer", wispert sie.

Bernd leuchtet mit dem Feuerzeug und sie stoßen die angelehnte Schlafzimmertür auf.

„Habe ich die Tür gestern nicht zugemacht?", fragt sie sich flüchtig.

Auf dem Bett, welches fast den ganzen Raum ausfüllt, liegt ein kleiner Junge. Aber man hört keine Atemzüge.

„Mensch, der atmet nicht! Warum atmet er nicht!", gibt Julia unwillkürlich lauthals ihre Gedanken von sich.

Ihr Bruder geht zu dem Kind und schüttelt seinen Arm. Leblos.

„Ich habe ihm doch nichts getan!"

„Da hast du aber ein Problem! Du musst dich stellen!"

„Ich habe ihm nichts getan", weint jetzt Julia und sackt auf die Matratze zusammen, aber ihr Bruder zieht sie in den Vorraum. Als ob Yannick sie hören könnte.

„Warum soll ich mich stellen! Das wollte ich nicht!", jammert sie.

„So, wir fahren in die Stadt" sagt Bernd und lässt Julia fahren, damit sie Zeit hat sich zu besinnen.

Bei der Polizei spricht nur Bernd, er kennt sich scheinbar gut in den Dingen aus. Julia kommt in Untersuchungshaft und während sie befragt wird, darf Bernd nach Hause gehen, unter der Bedingung, sich am nächsten Tag zu melden.

Bernd kommt pünktlich um neun Uhr. Kommissar Stelter wartet schon auf ihn und führt ihn in einen Vernehmungsraum. Sofort wehrt er sich:

„Ich habe doch damit nichts zu tun! Ich habe Ihnen nur die Täterin gebracht. Ich erwarte eine Belohnung!"

„Mal langsam", Kommissar Stelter ließ sich nicht aus der Ruhe bringen. „Wann waren sie das letzte Mal in der

Hütte?"

„Was heißt das letzte Mal? Seit ich in die Stadt gezogen bin, war ich nicht mehr dort, und das ist schon anderthalb Jahre her! Bis auf gestern mit meiner Schwester."

„Und wie kommt es, dass wir Ihre Spuren vor dem Eingang und in der Stube gefunden haben?"

„Ja, die sind von gestern Abend, sag´ ich doch!"

„Nein, die Spuren, die wir gesichtet haben und die der Fährtenhund bestätigt hat, sind schon älter. Also, wann waren Sie, außer gestern in dem Haus?"

Bernd schweigt. Ehe er in die U-Haft abgeführt wird, verlangt er nach einem Anwalt.

Wie sich durch die pathologische Untersuchung zeigte, hatte Bernd nicht lange gebraucht, um das Kind zu töten. Das Asthma war ihm dabei behilflich. Eigentlich war er zufällig in das Häuschen gekommen, erzählte er dem Anwalt. Seine Wohnung war ihm gekündigt worden und er suchte eine Bleibe, die nichts kostete. Da erinnerte er sich an die elterliche Sommerfrische und fand dort den Jungen. Er merkte gleich, dass das der Kleine aus der Zeitung war und auch, dass er Atemprobleme hatte.

„Wenn meine Schwester sitzt, habe ich alles für mich", dachte er sich. Für ihn stand fest, dass der Tod des Jungen auf ihr Konto gehen würde.

## **Plentern**

von Brigitte Prem

September ist Plenterzeit.

Als der Norddeutsche Sven durch die österreichischen Wälder wanderte, rund um den Längsee, traf er auf einen sonderbaren Mann. Er sah ihn zuerst gar nicht recht. Er stand zwischen den Bäumen, Ahorn und Fichten, über schroff zum Längsee abfallenden Felsen. Seine Gestalt verschwand in der Landschaft, seine grüne Kleidung kaum unterscheidbar von einer Fichte, sein spitzer Hut wie das Obere eines Nadelbaums.

Sven ging auf ihn zu, denn er wollte Land und Leute kennen lernen. Der Mann hob die Hand, als er Sven sich nähern sah, und Sven verstand, dass er ruhig sein sollte. Sie setzten sich ins Gras, mit dem Rücken zum Längsee, mit dem Blick auf eine Lichtung zwischen den Bäumen. Der Abend senkte sich herab. Plötzlich ein Geräusch: Auf der Lichtung, die bedeckt von Gras und saftigen Kräutern war, das sah man durch die Bäume hindurch, erschien ein Reh, und noch eins, und noch eins. Sven hielt den Atem an. Plötzlich hob eines der Rehe den Kopf und stürmte los in den dichten Wald hinein. Die anderen stürmten hinter drein. Laute Stimmen waren zu hören, zwei laute Männerstimmen.

„30 000 Euro", hörten sie. Und „Du kannst das nicht, und ich kann das nicht bezahlen." Und: „Ich möchte auch einmal etwas vom Leben haben".

Der Grüne schüttelte den Kopf und legte seinen rechten Zeigefinger auf den Mund. Sven verstand, dass er noch immer still sein sollte.

Als sie die Felsen hinunter zur Busstation wanderten, erklärte der sonderbare Mann: „Das war Beinhart Heribert und sein Schwiegervater. Der Alte macht es dem Jungen nicht leicht."
„Ich bin Sven", stellte sich der Norddeutsche vor.
Der Grüne grinste: „Ich bin das Längsee-Mandl".

Sven starrte ihn an. Der Grüne lächelte: „So nennen mich die Leute hier. Ich bin Heger."
Dann wurden sie durch einen fantastischen Baum

abgelenkt, freistehend, mit einem Meter dicken Stamm und einer mächtigen, in den Himmel ragenden Krone.

„Eiche", sagte das Mandl. „Hunderte von Jahren alt.

Am nächsten Tag erkannte Sven im Busfahrer Beinhart Heribert. Da sonst niemand im Bus war, fing er, verbotenerweise, ein Gespräch an.

„Ich habe Sie gestern im Wald gesehen", tastete er sich vor.
„Es ist der Wald meines Schwiegervaters. Es wäre jetzt Zeit zum Plentern", reagierte Beinhart Heribert.
„Was heißt Plentern?"
„Plenterung ist eine der Betriebsarten, mit denen sich Wald nachhaltig nutzen lässt. Dabei bleiben die Waldstruktur und das Waldklima erhalten und langfristig kann dieselbe Menge Holz genutzt werden wie mit anderen Betriebsarten. Es werden immer nur einzelne Bäume in kleinen Lichtungen geschlagen, sodass Jungholz nachwachsen kann."
„Aha. Sie scheinen ein Problem mit Ihrem Schwiegervater zu haben."
„Ja, ich will plentern, und er will den ganzen Wald abholzen und neu aufforsten. Aber das dauert dann eine Generation, bis der Wald wieder nachgewachsen ist."

„Braucht ihr denn das Geld?" Trotz seines hochdeutschen Akzents fiel Sven in das ortsübliche Du.

„Wir brauchen 30 000 Euro. Das wäre mit dem Plentern zu bekommen. Aber er will noch die Scheune reparieren und eine Reise machen. Aber das ist nicht notwendig. Jedoch die Hauptsache: Er traut es mir nicht zu. Und die Firma würde eine Vollschlägerung billig machen."

Als Sven am Abend mit dem Heger wieder den Wald beging, erzählte er ihm davon.
„Ich kann ihnen nicht helfen," stellte das Längsee-Mandl sofort fest. „Da ich Heger bin und ihnen beispielsweise sagen muss, wenn ein Baum käferbefallen ist, begegnen sie mir misstrauisch. Jeden Vorschlag meinerseits würden sie ablehnen."
„Ich werde einmal sehen, ob ich mit der Familie reden kann. Aber bevor ich das tue, beantworten Sie mir bitte eine Frage: Kann ich als absoluter Nichtskönner bei der Arbeit helfen?"
Das Längsee-Mandl lächelte fein: „Natürlich! Wenn ich Ihnen sage, was Sie tun müssen."

Es endete damit, dass Sven, das Längsee-Mandl und Beinhart Heribert beim Plentern halfen. Das Längsee-Mandl passte gut auf, dass Beinhart Heribert alle Details lernte, damit er alleine weiter machen konnte, denn seine Hilfe war derart, dass Hilfe überflüssig werden sollte.

Und Sven fuhr heim nach Nord-Deutschland nach einem befriedigenden, erlebnisreichen und sportlichen Urlaub.

## **Liese und Lotte**

von Blanka Trunitschek

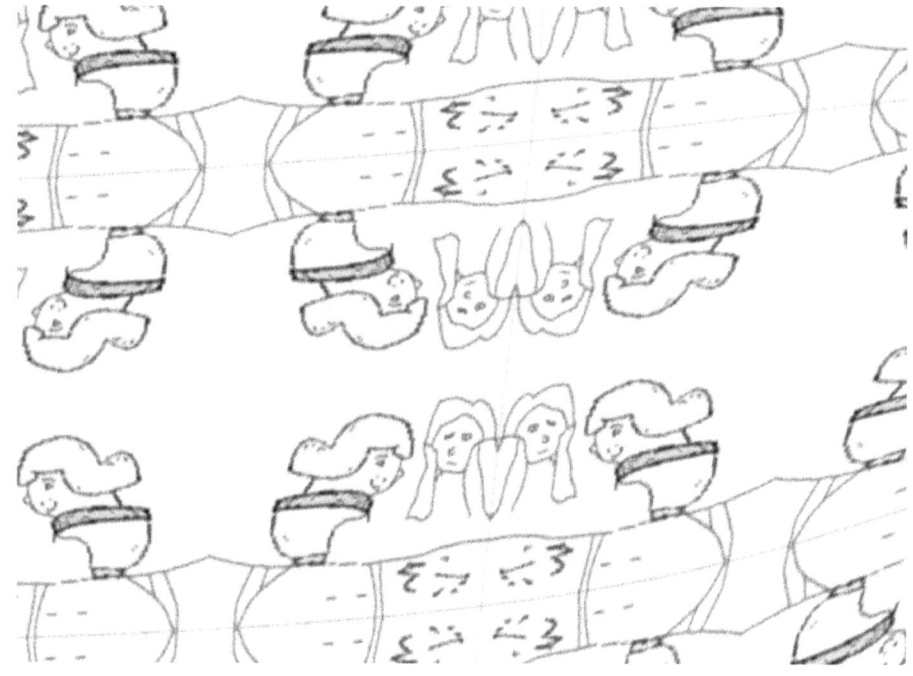

Ich bin Lisa. Und ich bin auch Lotta. Ihr kennt sicher die Geschichte von den beiden Mädchen, Zwillingen, die nach der Trennung der Eltern jeweils zu einem Elternteil gebracht wurden.

Bei uns ist es anders. Lotta ist eine Freundin. Eine gute Freundin, die zwar nicht zu sehen aber wenn man sie braucht immer zu Stelle ist. Aber Lotta kann auch eine böse Freundin sein. Und dann braucht man sie gar nicht aber sie ist einfach da. Sie hilft mir zum Beispiel bei den Hausaufgaben und verteidigt mich bei den neidischen Schulfreundinnen. Aber manchmal ist sie selber neidisch.

Dann gibt sie mir die falschen Ratschläge. Dann könnte ich sie schütteln.

Ich will es erklären: Hausaufgaben in Sachkunde. Ich komme nicht mit dem Thema Klima klar. Es interessiert mich einfach nicht. Wenn es regnet, ziehe ich Gummistiefeln an und wenn es friert, habe ich Mütze und Schal auf. Schon hundertmal habe ich zu Hause die Klimazonen angeschaut, auf der Landkarte kann ich sie nicht zuordnen. Natürlich ruft mich am nächsten Tag die Frau Sowa, die bei uns Sachkunde gibt, auf. "Lisa, erkläre uns bitte das Klima!"

Gestern noch gewusst! Ich könnte schreien! Die Jungs kichern schon, ich höre, dass man mir helfen will, in den Schulbänken entsteht Unruhe. Ich schließe kurz die Augen und? Lotta ist da. Lotta lässt es nicht dazu kommen, dass auf meiner Stirn der Schweiß ausbricht oder ich vor Scham rot werde.

„Klima ist ein Zustand des Wetters, der sich durch energetische Zirkulation, Charakter der aktiven Oberfläche und durch die Einwirkung des Menschen ergibt." Ich schaue Frau Sowa an ob ich aufhören soll. „Fahre fort, Lisa!" „Klima wird in meteorologischen Einheiten dargestellt. Das sind Lufttemperatur und Niederschlag. Wichtige Faktoren sind Wind und Sonnenstrahlen, Land/Meer Verteilung und Höhe des Standortes. Wir kennen zehn Klimazonen. „Gut, Lisa, weiter Pascal!" Endlich die Erlösung!

Danke, Lotta! Bin stolz auf dich! Und ich bin wirklich froh, dass es dich gibt!

Nach der Schule gehe ich mit den anderen zu unseren Fahrrädern. Ihr kennt es doch, wie man morgens eilig anfährt, weil man zu spät aufgestanden ist. Man schließt das Fahrrad ein und rennt in die Klasse. Jetzt ist mein Rad nicht da! Wie komme ich nach Hause! Lotta flüstert mir zu:
"Ruhig, ruhig, es wird sich schon finden."
Ich stehe fast vor einem Tobsuchtanfall, heulen könnte ich auch. Patrick und Jan kommen zu mir.
„Suchst du dein Fahrrad? Beim Hausmeister, da steht eins, vielleicht ist das deins", sagen sie zu mir und ich sehe ihre neckischen Gesichter. Schon will ich ihnen eine passende Meinung sagen aber Lotta meint, ich soll abwarten. Gut, dann gehe ich zum Hausmeister und werfe den Jungs nur einen strafenden Blick. Tatsächlich steht dort mein Fahrrad! Und der Herr Graf, wie der Hausmeister heißt, lächelt mich an.
„Jetzt kannst du nach Hause fahren. Aber ein neues Schloss muss her. Das alte war total verdreht, das kannst du nicht mehr benutzen!"
„Oh, wie denn das, ich habe das Fahrrad doch heute Morgen abgeschlossen!"
„Wie ihr das eben macht, ich sage es ja immer! Werft die Räder nicht nur so hin. Dafür habt ihr die Halterungen! Dann können sich die Schlösser nicht so verheddern!"
Beschämend bedanke ich mich und ziehe davon. Unterwegs hole ich den Patrick noch ein.
„Das war wirklich mein Fahrrad, das Schloss ist kaputt", berichte ich ihm. Er lächelte nur und wir fahren ein

Stück zusammen.

Um nochmal auf meine Lotta zurückzukommen, muss ich von Jan erzählen. Letzte Woche hat er mich angequatscht. „Was machst du am Nachmittag?" wollte er wissen. Er ist ganz nett, aber was soll ich bitte mit ihm am Nachmittag tun? Fußball kicken vielleicht? Über FC Bayern reden? Oder etwa Lego Baustelle spielen? Und da hat Lotta in mein Ohr geflüstert: „Mache ihm lange Nase, streck die Zunge raus!" Wollte sie selbst mit ihm gehen? Na ja, so kess war ich dann doch nicht, aber eine Antwort bekam er auch nicht.

Das habe ich übrigens von der Lena gelernt, dass man einem nicht antwortet. Als ich mit ihr ins Schwimmbad gehen wollte, hat sie sich nur umgedreht und ist zu Antonia gegangen. Mir egal. Lotta hat mich auch getröstet. „Geh einfach alleine schwimmen", hat sie gesagt. „Es wird sich schon einer finden". Und wirklich, unterwegs haben wir uns mit mehreren getroffen. Jan war auch dabei. Ich finde, so eine Klicke am Schwimmbad, das macht mächtig Spaß. Ohne Lotta hätte ich das nicht gewusst.

Nein, Lotta will ich nicht loswerden. Sie soll bei mir bleiben. Sie ist mir nicht böse, wenn ich morgens im Spiegel Faxen schneide. Sie gibt mir keine Strafaufgaben, wie meine Mutter, wenn ich freche Bemerkungen mache. Wir beide, Lotta und Lisa, sind stark, wie der Baumstamm einer Linde. Und das soll vorerst so bleiben.

## **Die Sekretärin**

Brigitte Prem

Ich bin Installateur. Ich habe vor Kurzem geheiratet und folge meiner Frau in ein ländliches Tal in den Alpen, weil sie dort ein ererbtes Haus hat. Ich selbst habe keine Bleibe zu bieten, nur ein kleines Untermietzimmer, und gegen ein Leben auf dem Land habe ich nichts. Im Gegenteil, ich denke, es wird mir gefallen. Ich habe mich auch schon bei der Freiwilligen Feuerwehr gemeldet.

Nun möchte ich mich bei einer kleinen Firma für

Heizungs- und Klimatechnik bewerben. Die Firma hat als Kundenstock die Bevölkerung des Tales und ein bisschen darüber hinaus, da sie einen guten Ruf haben; und, was das Beste ist, sie befindet sich in der Nähe des Hauses meiner Frau.

Ich gehe jetzt durch das Firmengelände; ich möchte mir alles erst ansehen, bevor ich mich bewerbe. Es gibt für mich auch noch andere Möglichkeiten, wenn auch etwas weiter weg.

Einer der Angestellten spricht mich an: „Bist du der Neue?"

Mich reißt es ein bisschen. Ich bin das örtliche „Du" zu Unbekannten noch nicht gewohnt.

„Vielleicht!" antwortete ich.

„Der Chef ist schon ok", erzählte der Mann redselig. „Aber ohne die Alma käme er nie zurecht. Sie führt nicht nur seinen Terminkalender, sie ordnet ihn auch nach Wichtigkeit. Sie beurteilt das Verhalten der Kontakte, und entscheidet, wem um den Bart gestreichelt werden muss und bei wem eine kurze Information genügt, wer dreimal zur selben Sache angerufen werden muss und wer schon beim ersten Mal reagiert. Unser Chef ist ein völliger Klotz in solchen Sachen. Auch bei den Finanzen hat sie den Überblick. Wenn sie nicht so ehrlich wäre, könnte sie unseren Chef von hinten nach vorne betakeln. Dabei entscheidet sie auch großzügig selbst. Und unser Chef hat nichts dagegen, weil er weiß, dass ihre Entscheidungen richtig sind."

„Wie sieht sie den aus?"

„Sie hat einen langen schwarzen Zopf, den sie drei Mal mit Bändern verziert. Sie ist nicht mehr ganz jung, hat schon kleine Fältchen um den Mund. Bei den Betriebsfeiern lacht sie laut und gern. Ihre Freizeit verbringt sie mit ihrer Familie. Das sind welche von den Windischen."

Ein Kunde mischt sich ein:
„Also ich habe einmal um 9 Uhr ausgemacht, und der Installateur ist erst um 11 Uhr gekommen. Ich musste zwei Stunden warten."

Ein zweiter Kunde:
„Mit dem Chef hatte ich eigentlich nie etwas zu tun. Die Sekretärin war immer da, wenn ich von der Firma etwas brauchte, entweder am Telefon oder von Angesicht zu Angesicht. Die Termine mit den einzelnen Handwerkern vermittelte sie zu aller Zufriedenheit, nämlich zu meiner, der Handwerker, die arbeiteten, ohne in Stress zu kommen, und der vorherigen und nachfolgenden Kunden, die die Arbeitszeit des Handwerkers ausnutzen konnten und nicht warten mussten. Ich wundere mich, wie ihr Chef das aushält: Vor den Kunden erklärt sie ihm, dass er Unrecht hat und ein anderer Termin besser wäre. Ich würde mich sehr blamiert fühlen."
„Aber dass sie bei den Veranstaltungen der Feuerwehr

mitmacht, kannst du vergessen", ruft ein anderer, der auch bei der Feuerwehr ist, vom anderen Ende des Hofes. „Sie geht gerade noch zu den Betriebsfeiern, sonst ist sie zu nichts zu bewegen."

Der Chef kommt. Er ist gut angezogen und wirkt kultiviert.
„Da sind Sie ja", sagt er. „Haben Sie sich überlegt, was Sie von der Firma erwarten? Sie wohnen ja nicht einmal hier."
„Ich finde schon etwas", antworte ich, denn ich will mich noch bedeckt halten. „Die vom Goritschacher Haus würden mir vielleicht etwas vermieten. Und bei der Freiwilligen Feuerwehr habe ich mich auch schon angemeldet. Ich habe mir schon vorgestellt, dass ich dasselbe Gehalt haben werde wie vorher. Schließlich habe ich gute Dienstzeugnisse."
Ich zittere ein bisschen, aber er fragt nicht, warum ich die Firma wechsle.
„Was haben Sie unserer Firma zu bieten."
„Ich habe mich kundig gemacht. Neben den traditionellen Heizungssystemen bieten Sie alternative Energieverwertung an wie Solarheizung oder Voltaik. Ich bin in allem ausgebildet, und ich habe auch Zeugnisse beigelegt."
Da kommt Alma über den Hof, mit strahlendem Gesicht und wippendem Zopf.
„Grüß Gott, Chef, darf ich Ihnen meinen Ehemann vorstellen."

## **Katzen**

von Blanka Trunitschek

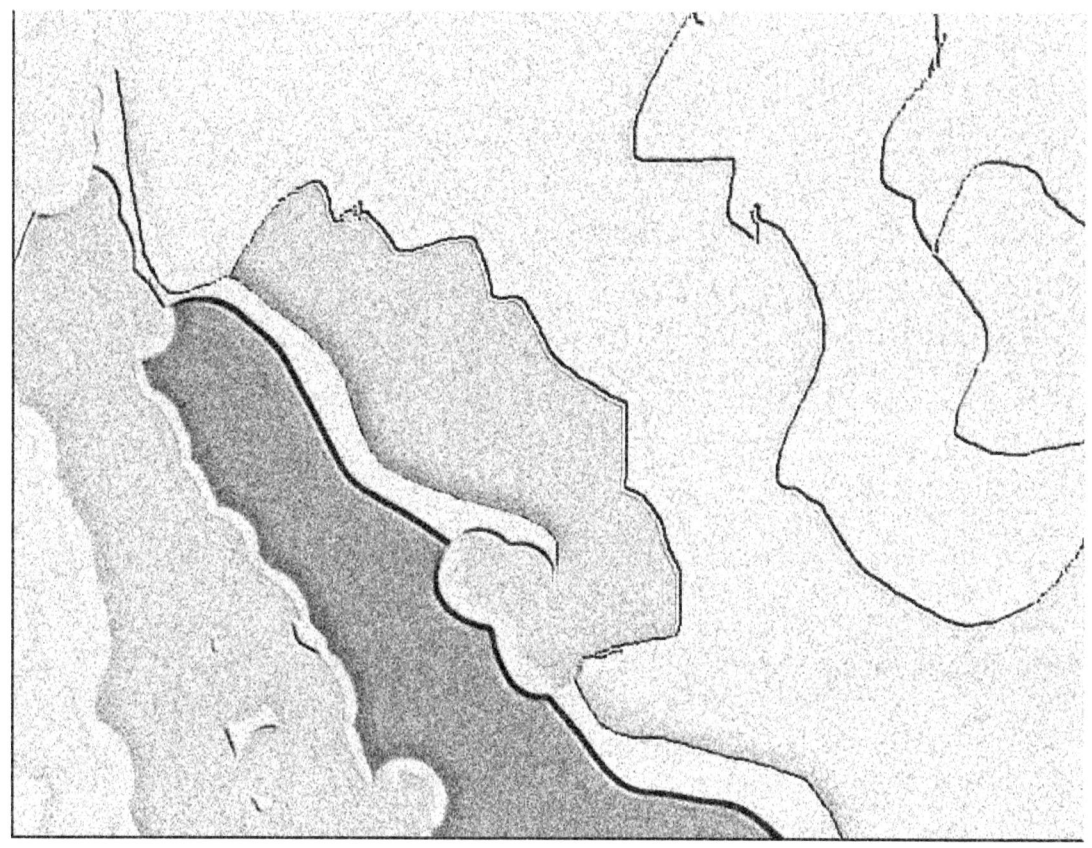

Rudi, ein weißer Kater, der seinen graugeringelten Schwanz seiner Großmutter zu verdanken hatte, war schon ein älterer Kater. Seit langer Zeit wohnte er in dieser Gegend, wurde von allen tierischen und menschlichen

Freunden nur Rudi genannt, obwohl sich niemand erinnern konnte, wer ihm den Namen gegeben hat. Er erfreute sich eines untrüglichen Gefallens des Knechts, der Hausfrau und derer Tochter. Alle haben über sein Fell gestrichen und es war für sie, als hätten sie einen Trost erfahren oder eine Aufmunterung in ihrem Leben. Rudi durfte, ohne Schaden zu nehmen, im ganzen Stall nach Mäusen jagen.

Fritz und Sepp, die zwei Gäule, die meistens im Stall standen, haben sich gerne über die Frechheiten der Mäuse amüsiert, wenn Rudi ihnen nachstellte. Zu gerne haben sich die grauen Tierchen piepsend in der Streu versteckt, was den Rudi in Rage brachte. Seine Pfote stank dann nämlich zum Himmel, wenn er zu ihnen gelangen wollte.

Als er noch ein junger Kater gewesen war und genug Puste hatte, stapfte er über die Streuhaufen hinweg und schob den, vom Fritz gefallenen, Mist zur Seite und packte die Maus am Schlafittchen. Aber heutzutage ließ er das Mäusefangen, ging heraus aus dem Stall und mühte sich, sein Fell einigermaßen sauber zu halten. Es flogen genug Schwalben umher, vielleicht gelingt es ihm eine, beim Wasserholen aus dem Teich, zu erwischen.

Wie er da vor den Stallungen stolz hin und her spaziert, seinen getigerten Schwanz in die Höhe gestreckt, sieht er einen runden Kopf sich ihm nähern. Er hörte schon manchmal die Bauersfrau nach einer Minka rufen, aber zu

Gesicht bekam er sie noch nie. Ein Weib! Ein Weib wäre das, was er sich immer erträumte aber noch nie bekam! Nicht, dass es zu wenig weibliche Katzen auf der Welt gegeben hätte, aber er hatte Bedenken. Müsste er nicht immer alles teilen? Müsste er nicht immer auch den Kindern etwas erjagen oder seine Beute gänzlich abgeben? Aber heute kam er zu der Erkenntnis, dass es ihm nicht mehr so viel ausmachen würde, wenn er etwas abgeben müsste. Schließlich wurden irgendwann alle Kinder mal erwachsen und kümmern sich selbst um sich.
Vielleicht würden sie sogar für ihn etwas abgeben. Er schaute also verträumt der Minka entgegen und nahm gar nicht wahr, dass sie mit Absicht auf ihn zusteuerte. Sie gefiel ihm mit ihrem schwarzen Fell, mit einem weißen Fleck um die Nase und den honiggelben runden Augen.

„Na, ist denn schon um Ihr Frühstück gesorgt?", fragte sie vornehm und schritt im Kreis um ihn herum.
Rudi kam der saubere Duft ihres Fells in die Nase, sein Schnurrbart zitterte und er leckte sich seine Pfote. Aber er schaute weg. So leicht gibt sich ein Kater nicht geschlagen, wo käme er denn hin? Was weiß Rudi, was dieses Weib im Schilde führt?
Er schaute weg, als ob die Minka bloß eine Tüte Luft wäre. Sie ließ sich nicht entmutigen. Als sie schon den dritten Kreis um Rudi drehte und er sich wie ein stolzer Hahn benahm, entfernte sie sich auf ihren weißen, weichen Pfoten, so dass Rudi es gar nicht bemerkte.
Wenn er den Duft ihres Fells nicht plötzlich vermisste.

Er rief: „Miau!".

Keine Antwort. Er stellte sich wieder auf alle Viere und probierte es erneut: „Miau!"

Nichts. Minka war weg. Einige Schwalben flogen kreischend über ihm und lachten. Ihre Angst vor der Minka erwischt zu werden, war gebannt und sie konnten unbekümmert über dem Teich kreisen und nach Fliegen schnappen.

Es kam Abend und Rudi suchte im Stall seine Schlafstätte auf. Der Knecht hatte ihm eine Ecke ausgewiesen und ihm auch ein Schälchen mit Milch hingestellt. Dadurch versprach er sich einen mäusefreien Stall. Doch Rudi war mit jedem Tag bequemer geworden. Er hatte keine Lust mehr, sich die Nächte um die Ohren zu schlagen. So vermehrten sich die Mäuse wie die Fliegen auf dem Pferdemist und scheuten die zwei Gäule auf.

Was könnte Rudi tun, um seine künftigen Tage sorglos zu gestalten? Er zermarterte sich den Kopf. Die Minka! Ja mit ihr wäre das Leben doch sicher schön. Er müsste sie vielleicht etwas freundlicher anschauen, dann würde sie schon mit ihm leben wollen? Aber wo war sie? Er schlich leise aus dem Stall, als ob er auf Mäusejagd ginge. Er wollte Minka überraschen. Er war doch ein Herzensjäger! Ja, das war er. Mal.

Es war schon dunkle Nacht, die Pferde schnauften leise, die Hühner schliefen auf ihren Stangen und die Ziege schnarchte mit dem Ziegenbock um die Wette. Rudi schlich um das alte Gemäuer des Stalls und hielt Ausschau. Es wird schwer werden sie auszumachen mit ihrem schwarzen Fell, aber der weiße Punkt auf ihrer Nase würde sie verraten, das war sich Rudi sicher.

„Miaah!", hörte er plötzlich im Hintergrund.

Er blieb mit gesträubtem Fell stehen. Einen Rivalen hat er eigentlich nicht erwartet, sollte hier einer eingedrungen sein?

„Miaah!", hörte er schon wieder.

Und da war wieder dieser Duft! Er drehte sich um.

„Das ist aber keine nette Begrüßung, meine Dame!", sagte er jetzt etwas zittrig aber doch mit der lieblichsten Stimme, die er vorzutragen fähig war.

„Hi, Hi", Minkas Schnurrbärtchen breitete sich um ihr Mündchen und sie wedelte mit ihrem schwarzen Schwanz, an dessen Ende auch ein heller Punkt leuchtete, den der Rudi am Tage noch nicht gesehen hatte.

„Wohnen Sie hier? In so einem muffigen Stall?"

Rudi wollte sich schon umdrehen, sich taub stellen oder sogar weggehen, aber er erinnerte sich an sein Vorhaben nett zu sein.

„Ich wohne hier schon tausend Jahre", meinte er etwas

trocken.

„Anfangs war es hier schön. Im Winter hat man immerhin eine warme Stube und im Sommer einen Nachschub von Mäusen. Aber inzwischen zieht es an jeder Ecke, die Mauersteine sind schon sehr verwittert."

„Tausend Jahre? Da übertreiben sie aber!"

Minka wollte stets Genauigkeit, wenn nicht Exaktheit. Die Angeber wies sie gerne in die Schranken.

„Na gut", schämte sich jetzt Rudi ein Bisschen.

Muss die auch so pingelig sein, dachte er für sich.

„Mein ganzes Katzenleben, halt. Und wo wohnen Sie, wenn ich fragen darf?"

„Ich bin hier neu zugezogen. Mein neues Frauchen hat mir einen Korb geschenkt. Aber ich kann doch nicht den ganzen lieben Tag im Körbchen dösen!"

Minka verzog die Miene, als ob sie saure Milch trinken müsste. Dann, einem Blitzgedanken folgend, sagte sie: „Wollen Sie nicht sehen, was ich entdeckt habe?"

Oh, wie gerne wollte Rudi das. Aber er war auch ein vorsichtiger Genosse. Was, wenn das eine Falle ist? Was, wenn sie dort schon zehn hungrige Kinder hat, die mitversorgen sie mich, irgendwann, überreden würde? Und, was wenn Minkas Frauchen nach ihm schlagen würde, irgendwann. Minka merkte, dass er mit der Antwort zögerte.

„Keine Angst, es ist eine wunderbare Bleibe, viel schöner als ein Reisekorb. Kommen Sie, ich zeige es Ihnen."

Rudi schob zögerlich eine Pfote vor die Andere. Minka lief munter vor ihm und fragte dann:

„Können Sie auf Bäume klettern?"

Das auch noch, stöhnte Rudi für sich. Es ist schon lange Zeit her, dass er wie ein Eichhörnchen in den Bäumen den Vögeln nachjagte. Doch es zeigte sich, der Baum war eine Sauerkirsche und es machte Rudi kein Problem auf den oberen Ast zu klettern und hinter Minka auf ein kleines Vordach zu springen. Dort war ein Fenster, das man von unten nicht sah.

„Kommen Sie, aber seien Sie vorsichtig."

Minka schlüpfte durch ein lose angebrachtes Brett unter dem Fenster durch. Innen waren Betten von Menschen, scheinbar von den ehemaligen Bewohnern, lange nicht mehr benutzt.

„Ist das nicht ein richtiges Paradies?", Minka war sichtlich stolz auf ihre Entdeckung.

„Hm, und wenn uns die Hausfrau überrascht, dann bekommen wir was auf den Buckel!"

„Ach, wer soll uns hier sehen! Es ist niemand im Haus. Es ist als ob hier nur Geister wohnten."

Minka drehte sich paarmal auf dem Kissen im Kreis und ließ sich nieder.

„Sie müssen nicht immer so ängstlich sein!"

Rudi ergab sich ihrem Willen, zog etwas an den Bettbezügen und machte sich eine bequeme Kuhle, in die er seinen Körper versank. Es dauerte nicht lange, sie lagen wie ein altes Ehepaar nebeneinander und schliefen bis zum Morgengrauen.

Als erste wachte Minka auf.

"Miaah, haben Sie keinen Hunger?" weckte sie Rudi auf.

Er blinzelte sie an und hatte noch keine Lust auf die Jagd zu gehen.

„Sollen wir in meinen Stall gehen, dort habe ich bestimmt eine Schüssel voll Milch", schlug er vor.

„Pha, Milch ist was für Katzenkinder. Wir brauchen etwas Deftigeres."

Minka sprang aufs Fensterbrett und beobachtete aufmerksam den Kirschbaum.

„Hören Sie? Der Zaunkönig ist schon wach. Der macht die anderen Vögel auch munter mit seinem Gezwitscher. So eine fette Taube, wäre das nichts für uns?"

Rudi lief der Speichel aus dem Mund. Donnerwetter, die Dame traut sich was!

„Wir müssen jetzt raus", sagte Minka, „Aber nur zum Schornstein! Dort warten wir ganz still."

Rudi robbte hinter Minka her und sie blieben hinter einem Mauervorsprung stehen. Dahinter befand sich der Schornstein. Obzwar niemand in dem Haus Feuer machte und der Schornstein kalt blieb, flatterte bald eine Elster heran und ruhte sich auf dem Rauchfang. Rudi musste wieder schlucken. Minka hob die Pfote und ihre Augen verboten ihm jegliche Bewegung. Dann, Rudis Pfoten fühlten sich schon wie ein Stück Holz an, flog eine Taube hernieder und blieb auf der Dachschräge sitzen. Es war ein älterer Vogel, der auf einem Bein humpelte und bei dem ein Flügel, wahrscheinlich durch einen Kampf mit einem Greifvogel, beschädigt war und vom Körper abstieg. Sie hat noch nicht mal den Hals zum Gurren angesetzt, da sprang Minka aus ihrem Versteck und packte die Taube mit den Vorderpfoten fest und biss ihr in den Hals. Die Taube schaffte es nicht, sich zu befreien, denn Rudi war auch ganz schnell zu Stelle und half sie festzuhalten. Minka trug das kraftlose Tier bis zum Fenster und beide ließen sich das leckere Fleisch schmecken. Es blieb nur ein Haufen Federn übrig, die der Wind in alle Ecken trug. „Jetzt bin ich aber satt", lobte sich Rudi die Mahlzeit und auch Minka schnurrte zufrieden.

„Wir dürfen uns nicht verraten", sagte Minka nach dem

Mittagsschlaf. „Sonst würden die Bauersleute unser Paradies bald finden."

„Was wollen Sie tun?"

Rudi bedauerte die Entscheidung von hier wegzugehen, er hatte Minka sehr gerne in seiner Nähe.

„Wir gehen wieder in unsere alte Stube, Sie in den Stall und ich in das Körbchen. Nur für gewisse Zeit. Ich lasse Sie wissen, wann wir uns wieder treffen."

Sie verließen die weichen Betten und hüpften vom Fensterbrett, kletterten den Kirschbaum herunter auf den Pfad, auf dem sie hier her gekommen sind. Vor dem Haus stand die Hausfrau und rief nach Minka.

„Sehen Sie, wenn ich nicht hier wäre, würde sie mich überall suchen. Also bis später!"

Rudi kam im Stall an und setzte sich in seine Ecke. Er war traurig. Die zwei Gäule scharrten zur Begrüßung mit den Hufen und die Ziegen meckerten. Rudi antwortete nicht auf den freundlichen Empfang und zog seine Beine unter sich. Es war schon spät am Abend, eigentlich Zeit für ihn herauszugehen, aber er hatte keine Lust. Sein Bauch und sein Kopf waren voll. Der Bauch voll noch vom unverdauten Taubenfleisch und der Kopf voll mit Minka. So ein flottes Weib! Er sah sie im Geiste herum hüpfen, ihren Kopf und den Schwanz in der Höhe, auch die Öhrchen aufgestellt. Immer aufmerksam beobachtend. Sie wusste was Sache war! Und jetzt musste er hier allein sein. Er achtete nicht auf die Mäuse, die kichernd um ihn herumliefen und schlief ein.

Minka ließ sich erst nach drei Tagen sehen. Sie überraschte Rudi, als er faulenzend auf der Pritsche vor dem Stall lag.

„Jagen Sie Fliegen? Werden Sie auch satt davon?" Freche Mieze, wollte Rudi schon sagen, doch er schämte sich. Er versteckte seinen Kopf nur unter der Pfote.

„Kommen Sie", sagte Minka flüsternd, „wir wollen wieder in unser Paradies".

´Unser Paradies´, das hörte sich gut an! Das war Balsam auf Rudis einsame Seele! Schon sprang er von der Bank und lief hinter seiner Freundin, die schon weit vorne war. Sie haben die Kirsche überwunden, sind auf das Vordach gesprungen und saßen bald auf der Lauer.

„Solche wehrlose Taube habe ich hier nicht wieder gesehen. Wir werden mit den Amseln Vorlieb nehmen müssen".

Rudi war noch außer Atem und es war ihm egal, was er zum Essen bekam, wichtig war nur, dass er mit Minka zusammen war. Nach der Mahlzeit haben sie sich auf die Betten hingelegt, die genauso aussahen, wie sie sie verlassen hatten, und ruhten.

Minka fragte: „Hatten Sie schon mal eine Familie?" Jetzt

kommt´s. Rudi gab nicht sofort eine Antwort.

„Verzeihen Sie, ich wollte Sie nicht ausfragen", meinte Minka.

„Das Leben ist schwer", antwortete Rudi, nachdem er einen Moment überlegte. „Nicht jeden Tag bekommt man Gelegenheit genug zum Essen zu fangen".

„Hm", stimmte ihm Minka zu und rückte etwas näher. „Obwohl ich sicher bin, dass sich meine Herrin um den Nachwuchs sorgen würde". Hoppla! ´Unser ´Nachwuchs? Beim Rudi sträubte sich das Fell.

„Nu, kriegen Sie sich wieder ein!", meinte Minka ".

Wir müssen nichts überstürzen, dachte sie.

Aber Rudi konnte doch nicht widerstehen. Minka kannte sich aus. Sie schnurrte und miaute, rollte sich vor ihm, und schlich an seiner Seite. An manchen Tagen wieder, da wollte sie mit ihm nichts zu tun haben. Das brachte ihn in Rage. Aber böse konnte er ihr doch nicht sein. Als sie wieder einen ihrer sanften Momente hatte, umarmte er sie, schnupperte an ihrem Fell und sie ließ eine Einigung zu.

Eines Tages merkte die Hausfrau, dass Minka in ihrem Körbchen lag.

„Ja, wo warst du denn so lange?" fragte sie die Minka überrascht.

„Ich habe dich gerufen und gesucht und schon dachte ich, dass man mir dich gestohlen hat!"

Und schon eilte sie eine Schale Milch zu holen. Aber Minka erhob sich nicht aus ihrem Korb. Die Hausfrau schob die Hand unter das Tier und wusste gleich Bescheid. Minka war schwanger! Es dauerte nicht lange und das ganze Dorf hat es erfahren, ja sogar im Stall kam es an Rudis Ohren. „Da haben wir die Bescherung", dachte Rudi und sträubte das Fell.

„Keine Bange, es wird schon werden", tröstete ihn Fritz, der immer allwissend schien.

„Die Weibchen kümmern sich immer selbst. Und dann schaffen das die Kinder schon alleine."


Rudi konnte sich nicht so leicht beruhigen und hatte schlechte Laune. Einerseits hatte er nach Minka Sehnsucht und wartete vergeblich jeden Tag, dass sie ihn besuchen kommt, und andererseits war er auf sich selbst wütend, dass er sich hat verführen lassen. Insgeheim hoffte er aber doch, dass diese Zeit vorbei geht und dass Minka schon selbst alles richten wird.

## **Sven Allmers**

von Brigitte Prem

Sven Allmers stand etwas verloren in einer riesigen Menschenmenge. Er war der einzige Polizist von Mechow. Mechow ist ein Dorf in Schleswig Holstein mit viereinhalb Quadratmeter Fläche und 110 Einwohnern. Die Adresse der Amtsverwaltung ist Ratzeburg, das heißt, der Vorgesetzte oder die Vorgesetzten von Sven Allmers sitzen in Ratzeburg. Sven Allmers wohnt seit seiner

Kindheit in Mechow.

Sven Allmers hat einen wunderschönen Namen: Der Name Allmers ist ein häufiger, niederdeutsch-friesischer Personenname. Die zweite Silbe mit der Endung auf „-mer" bedeutet „berühmt". Die Vorsilbe „All-" ist kontrahiert aus „Adel-" wie in den Namen Allbrecht oder Almut.
Sven Allmers hat in Mechow keine ernsthaften Einsätze: ein bisschen Wirtshausrauferei, hin und wieder einen Betrunkenen. Seine Vorgesetzten sind froh, wenn er sich nicht meldet, und er ist froh, wenn er sich nicht melden muss.


Noch nie befand er sich in einer solchen Menschenmenge, und eine irrationale Angst, eingequetscht oder zertrampelt zu werden, stieg in ihm auf. Dabei war seine Aufgabe leicht: Es waren die Insassen von fünf Touristenbussen, und er musste nur ein bisschen Auskunft geben. Aber es waren doppelt so viele Menschen wie Mechow Einwohner hatte.
Gestern hatte er sich noch seine dunkelblaue Uniform mit den vier Sternen auf den Schulterklappen gebürstet. Er liebte das Wappen von Ratzeburg auf seinen Ärmeln:
In Silber eine durchgehende rote Burg mit offenem, rundbogigem Tor, bis zum unteren Schildrand reichender Zinnenmauer und drei Zinnentürmen, von denen der mittlere, höhere mit blauem Spitzdach (darauf ein roter Knauf) versehen ist; neben den aufgeschlagenen, goldenen Torflügeln je drei goldene, aus dem unteren Schildrand emporwachsende niedrige Palisadenpfähle, alles fein auf

dickem Baumwollstoff gestickt. Gerade hatte er einem Touristen dessen Bedeutung erklärt und ein bisschen vergessen, dass er sich vor Menschenmassen und überfüllten Plätzen fürchtete.

In der linken Brusttasche hatte er einen Kugelschreiber und sein Büchlein, damit er es mit der rechten Hand leicht erreichen konnte. Rechts etwas Kleingeld. In den Händen hielt er ein Funkgerät. Er würde es heute nicht brauchen, es sei denn, er verlor angesichts der Menschenmassen die Kontrolle über sich. Aber vor zwei Jahren gab es in Schleswig Holstein eine Demonstration gegen Massentierhaltung. Statt knapp 4.000 sollen demnächst 7.000 Schweine in großen Mastanlagen grunzen, und auch die Zahl von heute 43.000 Hühnern könnte sich verdoppeln, fürchtete die Initiative "Uns Bürgern stinkt's". Eigentlich war der Schwerpunkt der Demonstration in Stocksee, eine 400 Seelen Ort, also nicht viel größer als Mechow. Aber eine kleine Gruppe von Demonstranten hatte sich auch in Mechow gefunden, und Sven Allmers rief per Funk seine Kollegen in Ratzeburg an. Eigentlich war er ja auf der Seite der Demonstranten - er selbst hatte eigene Hühner und das Fleisch hatte er von einem bekannten Bauern, der seine Rinder teilweise sogar auf seiner Wiese weiden ließ, aber er war eben Polizist. Viel war den Demonstranten ja nicht passiert. Und zu einem Gutteil waren ja wohl auch die Konsumenten schuld an der Misere.

Ein Tourist fragte ihn nach dem Naturpark Lauenburgische Seen. Sven Allmers fand Mechow schön und interessant: in wunderschöner flacher Bauernlandschaft, der Ratzeburger See rechts und der Lankowersee links. Das zeigte er dem Touristen auch, und einige andere schlossen sich an und hörten auch zu. Eine Landschaft lieblich, weich und zugleich geheimnisvoll, aufregend und mächtig. Einsame Moore, tiefe Wälder mit feuchten Senken, sanfte Hügel vor glitzernden Wasserflächen, weite Felder flankiert von Knicks, durchzogen von Alleen. Mächtige Wipfel rauschen an Bachläufen, goldgelbe Ähren wiegen sich im Wind unter tief ziehenden Wattewolken auf blauem Grund. Wie Patchwork hinein gewoben, gelbe Teppiche aus Raps, gesäumt von Mohn und Kornblumen vor roten Ziegeln, Fachwerk und den Reetdächern der Dörfer. Heraus ragen die Kirchen, mittelalterlich thronend auf eiszeitlichen Granitfeldsteinen.

Sven Allmers kam ins Schwärmen, vergaß seine Angst und sein Unbehagen, weil er sich auf einzelne Gesichter konzentrierte und die Menge nicht mehr wahrnahm.

Dann rauschte das Stimmengewirr der Menge wieder auf, verschiedene Aussprachevarianten wurden hörbar, auch Dänisch und Norwegisch. Sven Allmers wurde nervös.

Dann fragte ihn einer nach kulturellen Sehenswürdigkeiten.

„Gut Mechow erlaubt Besichtigungen. Da gibt es das Pächterwohnhaus, die Vierständerscheune, den Pferdestall und den Gutspark. Auch die Kirche ist sehenswert. Es ist eine kleine, geschlossene Saalkirche aus Feldstein aus dem 15. Jahrhundert mit Spitzbogenfenster."

„Und was kann man sportlich machen?"

„Da gibt es einen ausgezeichneten Reiterhof auf dem schon erwähnten Gut Mechow."

„Was gibt es noch?"

„Es gibt eine Ausstellung vom Kleintierzüchterverband."

Da hörte man einen schrillen Schrei aus der Touristengruppe. Sven Allmers fiel das Herz in die Hose. Es würde doch hoffentlich keine Amtshandlung notwendig werden?

„Mir wurde meine Geldtasche gestohlen!" Eine Frau um 60 fuchtelte mit ihren Händen in der Luft herum. Neben sich, auf der Parkbank, hatte sie eine Art Aktentasche. Sven Allmers fühlte sich verpflichtet zu handeln.

„Gute Frau, beruhigen Sie sich. Wollen Sie nicht Ihre Tasche noch einmal durchsehen?"

„Das habe ich doch schon. Alles ist weg. 800 Euro sind weg."

„Wollen Sie eine Verlustanzeige aufgeben? Ich kann das aufnehmen, aber Sie müssen sich dann in Ratzeburg darum kümmern! … Ok dann, Ihre Passnummer!"

Die Frau griff in die Tasche. „Oh, oh, mein Pass ist auch weg."

Sven Allmers holte tief Luft; er überlegte, wer etwas gestohlen haben könnte. Das konnte doch wohl nur einer von den Touristen sein! Von den Dorfbewohnern machte das keiner von den 110 Leuten.

„Und meine Kamera ist auch verschwunden."

Sven Allmers seufzte. „Nun, dann nehmen wir einmal auf!"

Die Frau begann zu weinen. Der Reiseleiter wurde aufmerksam. Sven Allmers dachte, er hätte sich vielleicht gleich mit dem Reiseleiter der 300 Touristen besprechen sollen.

„Frau Schwarz", sagte der Reiseleiter. „Holen Sie sich einmal ein Taschentuch."

Die Frau begann hektisch in ihrer Tasche zu kramen. Plötzlich hatte sie eine Kamera in der Hand.

„Entschuldigung, Entschuldigung!" stammelte sie. Es war alles da. Sie hatte es selbst in eine versteckte Falte in der Tasche gesteckt.

Der Reiseleiter schaute den Polizisten an, und er blickte nach der Frau.

„Susi!" rief er über den Platz. „In dem Kaffeehaus gibt es für die Gegend typischen Kuchen. Gehen Sie doch mit Ihrer Freundin hin!"

Die mit Susi angesprochene Frau watschelte daher und nahm die fast Geschädigte unter dem Arm.

Dann redete der Reiseleiter ein Familienoberhaupt an. Eine Frau, ein etwa einjähriges Kind und ein junger Mann, der sich später als Schwager entpuppte, waren mit ihm.

„Peter!" sagte er und wies auf den Polizisten. „Da ist jemand vom Ort. Geht in den Gastgarten und macht es euch gemütlich!" Damit hatte er der Familie einen einheimischen Gesprächspartner verschafft, und Sven Allmers konnte sich beruhigen, ohne seine Pflichten zu vernachlässigen.

# Das verlorene Kommunionsgeschenk

von Blanka Trunitschek

## Kapitel 1: Wir lernen Michael und Tim kennen

Die Kommunion stand vor der Tür. Michael war schon aufgeregt. Alle Kinder beneideten ihn.

„Da kriegst du bestimmt ganze Menge Geld!" sagten alle.

„Wieso?"

„Na, zur Kommunion schenken doch alle Tanten und Bekannte Geld! Und die Eltern von deinen Freunden auch! Meine Cousine bekam 300 Euro zusammen!", erzählte Tim.

„Ach super, dann schenken deine Eltern mir auch was?", schmunzelte Michael.

„Kann sein", antwortete sein Freund Tim.

„Wann hast du Kommunion?"

„Wir sind evangelisch. Ich werde erst mit

vierzehn die Konfirmation haben. Bis dahin kannst du überlegen, was du mir schenkst."Jetzt war es Timm, der lächelte. „Du Witzbold! Was weiß ich womit du dann spielst! Und Geld werde ich auch noch kein eigenes haben."
„Das weiß ich auch. Was wünschst du dir denn?"
„Kommt darauf an. Ich hätte gerne ein Crossrad. Aber das ist sicher sehr teuer."
„Wart´ mal ab. Erst mal sehen, wie viel zusammen kommt. Und den Rest können vielleicht deine Eltern dazu tun."
Die zwei trennten sich und jeder ging zum Mittagessen. Michaels Mutter hatte alle Hände voll zu tun. Die Einladungskarten waren längst verschickt und langsam kamen die Antworten an. Jetzt hatte sie einen Einkaufszettel geschrieben. Zwar plante die Familie in ein Restaurant essen zu gehen, aber zum Kaffe sollte es selbstgebackenen Kuchen geben und für das Abendessen musste man noch einiges besorgen.
„Kommst du mit zum Einkaufen? Ich habe ziemlich viel zu tragen, du kannst mir dabei helfen." Das Geschäft war nicht weit, aber mit vollen Taschen war der Weg manchmal doch lang.
„Ja", brummte Michael, er hätte lieber

weiter Lego zusammengebaut. Gerade war ihm ein tolles Mondauto gelungen. „Gehst du gleich?"fragte er.

„Also in 10 Minuten etwa. Ist das O.K?"

„Ja, dann komme ich mit." Michael zog noch schnell die Legoräder zu Recht und schob das Mondauto zu den Astronauten, die schon auf der Legoplatte standen.

Als sie wieder zurückkamen stand Tim vor der Tür. „Kommst du raus?"

Michael schaute zu seiner Mutter. Sie begrüßte den Freund. „Hallo Tim, du bist mit deinen Hausaufgaben schon fertig?"

„Ja, meine Mutter schaut sich die an, wenn sie aus der Arbeit kommt."

„Und du?" sah sie jetzt den Michael an. „Musst du noch etwas machen?"

„Nein, wir können los. Abends kannst du dir dann das neue Gedicht anhören."

„Aber um sechs bist du dann zu Hause!", rief sie den beiden nach.

In der Umgebung war genug zu erkunden. Es war ein Neubaugebiet und überall waren noch keine richtigen Gehwege fertig, manchmal musste man auf Holzbohlen irgendwelche Löcher überwinden. Dir Baustellen waren meistens umzäunt aber man konnte sich durch Löcher im Zaun durchzwängen. Auf den

Schotter- und Sandhalden fanden die Jungens vergessene Vorschlaghammer, jede Menge Schrauben und meterlange Kordel oder Ketten verschiedener Stärke. An einem neugebauten Haus war neben der provisorischen Eingangstür ein Kellerschacht, der mit einem Bretterverschlag zugedeckt war. Dort haben sie ihre Schätze verstaut. „Man kann nicht wissen, wann man so etwas braucht", sagte Tim.

## Kapitel 2: Michael und Tim möchten zelten gehen

An einem Freitagnachmittag sprachen sie darüber, wie ihre Eltern den Urlaub planen. „Meine Eltern wollen nach Kroatien fliegen", erzählte Tim, „dort soll das Wasser so sauber sein".

„Ich glaube, meine Mutter möchte wandern gehen. Und zelten. Aber mein Papa sagt, dazu hätte er viel zu lange Beine, sie würden aus dem Zelt herausgucken. Ich weiß nicht, was wir also in den Ferien unternehmen. Zelten fände ich gut."

„Ich auch. Habt ihr schon ein Zelt?"

„Ja, haben wir. Und das haben wir auch schon mal ausprobiert."

„Und du weißt, wie man es aufstellt?".Tim hatte eine Idee.

„Klar, ist nicht schwer. Erst breitest du den Boden aus und dann befestigst du die Seitenteile.

„Können wir nicht zusammen zelten gehen?"

„Meinst du wir zwei? Über die Nacht? Das erlaubt meine Mutter nicht", zweifelte Michael.

„Ich könnte meine Mutter fragen, ob wir das Zelt nicht in unserem Garten aufstellen könnten. Komm mit, ich kann gleich fragen. "

Die Jungens rannten erst zu Tims Mutter, sie hatte nichts dagegen. Michaels Mutter band sich gerade ihre Schürze ab, sie war mit den Vorbereitungen fertig.

„Mama, wir gehen zelten"! Michael ist aufgeregt.

„Alleine?" Wie stellt ihr euch das vor? Kinder dürfen nicht- "

Sie kam nicht zum Wort. „Tims Mutter erlaubt uns in ihrem Garten zu zelten, wir haben gerade gefragt."

„Na, da muss ich erst mit ihr reden. Aber es hat Zeit bis morgen. Jetzt ist es schon sieben und du bleibst zu Hause! Außerdem, dieses Wochenende ist deine Kommunion, schon vergessen?"

Beide schauen ziemlich bedrückt. An die Kommunion hatten sie nicht gedacht.

„Ja, dann tschüss", sagte Tim traurig. Michaels Mutter merkte es und versuchte ihn zu trösten: „Aufgeschoben ist nicht aufgehoben. Der Sommer kommt erst noch. Zum Zelten werdet ihr noch genug Gelegenheit haben!"

## Kapitel 3: Michael bekommt ein BMX-Rad geschenkt

Das Wochenende war voll von Ereignissen. Erst kamen Opa und Oma aus Starnberg an. Opa hat Michael ein Fahrrad mitgebracht. Ein rotes BMX Rad mit einem hohen Lenkrad, einem Doppelholm zwischen Lenkradstange und dem Sattel und mit gelben Rädern. Ein Prunkstück! Michaels Augen strahlten vor Begeisterung, und die Wangen waren fast so rot wie das Fahrrad. Als es von seinem Vater zusammengebaut worden ist, sauste er noch am selben Tag durch die Straßen wie ein Blitz. Er probierte, ob der Sattel die richtige Höhe hatte und nahm das gelbe Schutzblech ab oder steckte es wieder dran. Er musste wissen, ob alles richtig funktionierte. „Wenn es nicht regnet und kein Schlamm spritzt, dann fahre ich ohne das Schutzblech!", meldete er dem Opa, der sich über das gelungene Geschenk freute. Alle Nachbarskinder wurden auf den wilden

Rennfahrer aufmerksam. „Hab´ ich zu Kommunion gekriegt!", rief er fahrend allen zu.
Am Sonntag klingelte es oft an der Tür und die Nachbarn und andere Kinder brachten Umschläge in welchen sich die Glückwunschkarten und oft ein Geldgeschenk befanden. Nachdem alle in der Kirche waren und das festliche Amt beendet war, ging die Familie in ein Lokal essen. Das neue Fahrrad war vorerst vergessen und blieb in der Diele. Schließlich konnte Michael nicht in dem schwarzen Anzug und Schleife am Hals auf einem Fahrrad fahren! Aber am Nachmittag nach dem Kaffeetrinken haben sich die Starnberger verabschiedet und Michael ist wieder losgeradelt. Er klingelte bei Tim.
„Du, meine Mutter ist einverstanden, ich kann in eurem Garten mit dir zelten!".
„Super, wann machen wir´s?"
„Am besten am nächsten Wochenende, wenn kein Regen angesagt wird."
„Was macht uns der Regen schon aus. Es ist sicher gemütlich, wenn es draußen pladdert und man ist unter dem Zelt geschützt."
„Ja, aber wenn das Zelt nass wird, kann man es nicht so schnell zusammenräumen."
Das wusste Michael schon. Es waren schöne

Aussichten und beide freuten sich auf das Abenteuer.

**Kapitel 4: Das Fahrrad verschwindet**

Am nächsten Tag hatten die Kommunionskinder noch einen Tag frei bekommen. Sie mussten aber noch einmal zu Messe und so liefen die Mädchen in den weißen Kleidern herum und die Jungens in ihren Anzügen. Nach der Mittagsruhe, die die Mutter streng einhielt, durfte Michael noch etwas Fahrrad fahren. Er fuhr diesmal auf die andere Straßenseite, wo auch einige der Schulkammeraden wohnten. Er wollte allen sein neues Fahrrad zeigen. Dass eine Frau, die er in der Gegend noch nie gesehen hatte, um das Haus schlich, hat er nicht mitbekommen. Es schien, als ob sie auf Jemanden gewartet hätte. Als er wieder nach Hause kam, warf er das BMX Rad vor dem Eingang hin und stürmte ins Haus. Es war schon spät geworden und er wollte sich die Schelte von seiner Mutter sparen. Während die Familie ihr Abendbrot einnahm, hörten sie den Nachbarshund bellen. Aber das tat er öfter, es war nichts Aufregendes. Draußen wurde es dunkel und der Hund gab immer noch nicht Ruhe. Michaels Mutter machte die Tür auf und sagte: „Still, Jenny, still. Was hast du denn?" Jenny wurde still und hängte die Ohren an. Michael erinnerte sich an sein

Fahrrad und zwang sich zwischen die Mutter und die Tür. „Ich nimm das Fahrrad rein", sagte er. Aber das Fahrrad war nicht da.
„Mamma, hast du das Fahrrad schon weggeräumt?"
„Nein. Wo ist es?"
Michaels Gesicht wurde blass vor Angst. Es wird doch nicht…
„Mama, ich..."Es hatte Tränen in den Augen und konnte gar nicht reden.
„Hast du es dabei gehabt, als du nach Hause kamst?", fragte seine Mutter.
„Klar. Ich habe es hier abgestellt. Ich dachte nicht, dass es jemand stehlen könnte. Es ist doch unser Haus!"
„Aber trotzdem, muss man auf seine Sachen aufpassen!", Michaels Mutter wurde langsam böse. „Hast du es nicht abgeschlossen?"
Darauf konnte Michael nur den Kopf schütteln.
„Na, da hast du aber nicht sehr lange an deinem Geschenk Freude gehabt!" Sie gingen ins Haus um mit dem Vater zu beraten, was zu machen war.
„Also jetzt ist schon zu dunkel, um es noch zu suchen", entschied er. „Und wenn es wirklich jemand gestohlen hat, dann ist er schon lange über alle Berge. Wir müssen es auf morgen vertagen. Und morgen suchen wir

erst hier in allen Straßen und dann gehen wir zu Polizei. Vielleicht haben die eine Idee."

**Kapitel 5: Ein Verdacht**

Die Nacht konnte Michael nicht gut schlafen. Er träumte von seinem roten Fahrrad, dass eine Hexe darauf geradelt war und er wollte sie aufhalten. Als er nächsten Morgen aufstand, fiel ihm etwas ein:
„Mama! Ich habe gestern eine Frau gesehen, wie sie hier immer auf und ab geht. Sicher war sie es, die mir das Fahrrad gestohlen hat."
„Wie hat sie ausgesehen? Vielleicht könntest du sie der Polizei beschreiben."
„Sie war älter als du, hatte Kopftuch auf dem Kopf und eine Handtasche über dem Arm."
Bei der Polizei hat sich nichts ergeben. Im Gegenteil, Michael musste sich anhören, dass man das Fahrrad hätte kodieren müssen, so könne man es nicht mit Bestimmtheit finden. Man hat ihm geraten am Samstag zum Hauptbahnhof zu gehen, dort gab es immer Versteigerungen. könnte sein, dass sein Fahrrad dabei war. „Die Leute wollen immer lieber Geld", sagte der diensthabende Polizist. Und wenn nicht, hätte er Gelegenheit sich dort ein billiges Rad

auszusuchen.
Wieder eine schlaflose Nacht. Michael träumte von einem Hubschrauber, wie er von oben alle Häuser und ihre Innenhöfe überblicken konnte. Aber auch in diesem Traum sah er sein rotes Fahrrad nicht.
Am Samstag fuhr er mit seinem Vater zum Hauptbahnhof. Als sie den Raum fanden, wo die Versteigerung stattfand, glaubten sie ihren Augen nicht. So viele verschiedene Fahrräder, die entweder gestohlen oder gefunden waren und jetzt billig versteigert wurden, hat Michael noch nicht gesehen. Selbst sein Vater hätte sich eins aussuchen wollen. Aber ein rotes BMX Rad war nicht dabei. Mit Tränen in den Augen hat er sich mit seinem Vater auf den Rückweg gemacht.

## Kapitel 6: Neue Nachbarin

In den nächsten Tagen wurde es auf der Baustelle unruhig. Die Planierraupe machte die letzten Sandhügel platt und räumte mit einer breiten Schaufel die Bretter, die herumlagen, fort. Die ersten neuen Nachbarn kamen an und räumten ihre Autos, die voll von Kleinmöbeln und Kartons waren, aus. Große Laster lieferten ganze Einrichtungen an.

Bei Tim klingelte es an der Tür. Eine lächelnde junge Frau sprach Tim gleich an: „Hallo, ich bin die Julia. Wir wohnen dort in dem Haus."
Inzwischen kam auch Tims Mutter dazu und streckte Julia die Hand entgegen. „Herzlich willkommen. Schön, dass sie sich vorstellen kommen. Kommen sie doch herein!"
„Eigentlich komme ich wegen dem Fahrrad."
„Wegen dem Fahrrad?" Tims Mutter war verwundert. „Hast du was kaputtgemacht, Tim?"
„Nein, nein, es ist nichts kaputt" lächelte Julia Tim an.
„Nur, wir haben einen Schacht neben dem Haus, dort wollten wir die Kellertreppe einsetzen. Und als wir gestern die Bretter abgehoben haben, kam dort ein rotes Fahrrad zum Vorschein. Da wollte ich…
„Mama, das ist bestimmt das vom Michael!"
„Und wie sollte es dorthin kommen?", fragte Tims Mutter.
Tim hob die Schulter. „Können wir nicht beim Michael anrufen, dass er sich das ansehen kommt?"
„Ja", sagte Julia, „das wird das Vernünftigste sein. Hast du seine Nummer?"
Tims Mutter schrieb die Nummer auf und Julia verabschiedete sich. Es dauerte nicht lange

und Michael kam angerannt. Tim lief ihm entgegen und so sind beide zu dem Schacht gegangen. Im Schlepptau gingen auch Michaels Eltern zu den neuen Nachbarn.

„Mein Fahrrad!" Rief Michael glücklich.

„Wie ist es bloß dorthin gekommen. Und es hat einen Platten" bemerkte seine Mutter.

„So einfach kannst du es nicht mitnehmen! Da muss man ein Finderlohn zahlen!"

„Aber nein, ich weiß, was es heißt sein Fahrrad nicht finden zu können. Sicher hast du schon überall gesucht, nicht wahr?", fragte Julia, die bei dem Schacht wartete.

Tim und Michael erzählten beide gleichzeitig: „Da muss es jemand weggenommen haben und weil er damit wegen dem Platten nicht weiterkam, hat er sich das hier erst mal versteckt. Na, jetzt kann der lange suchen!"

„So, du hast jetzt dein Fahrrad wieder. Ich werde Sie morgen nochmal besuchen. Vielleicht können sie Bescheid sagen, wenn sie jemanden verdächtigen sehen. Dem hätte ich nämlich gerne die Meinung gesagt.", sagte Michaels Mutter zur Julia und alle verabschiedeten sich.

**Kapitel 7**: Eine Diebin?

Am nächsten Tag kaufte Michaels Mutter einen großen Blumenstrauß.
„Den bringst du der jungen Frau und bedankst dich. Ich finde es sehr nett, dass sie an solche Jungens, wie ihr seid, gedacht hatte."
Plötzlich schrillte das Telefon. Die Julia war dran.
„Ich wollte nur sagen, dass hier schon eine halbe Stunde eine Frau um unser Haus herumspaziert!"
Michael schmiss den Hörer hin und rief schnell den Tim an. Er sagte ihm mit kurzen Sätzen, was er vorhatte. „Du kommst hinten herum und ich von vorn. Sie darf nichts merken!"
„Suchen Sie was?"
„Haben Sie etwas verloren?" fragten beide gleichzeitig, als sie die Frau mit dem Kopftuch erblickten.
Dir Person schaute sie nur kurz an und ging plötzlich schneller. Erst jetzt sahen die Jungen, dass es gar keine Frau war. Die großen Schuhe waren zu auffällig. Sie rannten los und fast hätten sie den Dieb erfasst. Tim konnte gerade das Kopftuch herunter zerren, so dass es in seiner Hand festblieb, aber der Tatverdächtige lief viel schneller, als die beiden zehnjährigen

Jungen und bald sahen sie ihn nicht mehr.
Michael sagte:
„Komm, wir haben sein Kopftuch, das können wir der Polizei abliefern. Die werden den Dieb sicher überführen können."
In der Mittwochsausgabe der „Rheinischen Post" konnte man einen Artikel mit der Überschrift „Zwei Jugendliche halfen einen Dieb zu stellen", lesen.

*"Als der zehnjährige Michael sein neues Fahrrad nicht mehr finden konnte, allarmierten er und sein Vater die Polizei. Zusammen mit seinem Freund Tim haben sie eine verdächtige Person verfolgen wollen, sie ist ihnen aber entkommen. Dennoch ist ihnen gelungen ein Kopftuch, mit dem sich der verdächtige Jugendliche tarnte, sicherzustellen. Eine Polizeistreife, die mit einem Hund unterwegs war, konnte den Dieb dingfest machen."*

So war der Michael eine große Sorge los. Er schwor sich, dass er immer auf seine Sachen aufpassen würde. Denn solche bösen Träume wolle er nicht mehr erleben.

## **Guter Sex**

Brigitte Prem

Was mag er denken? - Da sitzen sie, mitten in der Lichtung. Sie kenne ich nicht, aber er ist doch der BIO-Bauer Sabitzer? - Wie sie sich angrinsen! Das ist in einem halben Jahr die dritte! Ob es wohl zum Sex kommt? So besessen der Sabitzer ist, er ist doch sehr bedachtsam. Mit einem ledigen Kind belastet er sein kleines Anwesen nicht. `s ist Zeit, dass er sich eine Bäuerin schnappt. Was soll sonst aus seinem Erbe werden? An sich ist er ja keine schlechte Partie. Nebenerwerbs-

BIO-Bauer und Berater in der Voltaik-Firma im nächsten Ort. BIO zieht. So klein der Hof – leben muss er ja nicht davon.

Eigentlich habe ich ja ein schlechtes Gewissen, dass ich denen so zuschaue. Aber der Sabitzer interessiert mich.

Wie sie da hängt, mit ihrem Busen, die linke Brust entblößt. Ich kann die ja nicht sehen, weil der Arm vor ist, aber er hat vollen Einblick. Dabei schaut er die eh nicht an, er schaut ihr in die Augen.

Ich geh ein bisschen näher hin. Was sagt sie?
„Ich bin Erwachsenen-Bildnerin beim städtischen Bildungswerk".
– Ach so, eine Intellektuelle. Da wird es wohl wieder nur ein schneller Sex. Was will er mit einer Intellektuellen? Auf dem Hof muss ja doch gearbeitet werden. Andrerseits: Sie brächte ja wohl auch Geld ins Haus.

Wie ihr der Rock über's eine Knie fällt, sodass es weit bis über den Oberschenkel sichtbar ist! Das andere ist dezent zugedeckt. Wie das wohl dazwischen aussieht?

Der Picknick-Korb stammt wohl auch von ihr, er steht ja bei ihr. Das ist Eulen nach Athen tragen. Er war immer stolz darauf, Selbstversorger zu sein. Aber was Liebe ausmacht.

Sie essen ohnehin nicht, nur ein unpraktisches Glas ist da - mehr schön als für ein Picknick. Ein glänzendes Teller noch im Korb fest gemacht - auch sehr zerbrechlich.

Ob er sie hinten berührt? Der Picknick-Korb ist vor. Ich kann es nicht richtig sehen. Ihr Gesicht sieht wohl so aus, als ob sie es genießt.

Sie muss Radl-Fahrerin sein - ihre Beine sind auffallend muskulös - eher unschön für eine Frau.

Herregütt - Warum muss immer der Sabitzer die Feschen abkriegen?! So raffiniert zerzaust. Solche Haare duften wohl auch erotisch. Aber dazu bin ich zu weit weg. Blond jedenfalls. Gefärbt?

Dass der Sabitzer zulässt, dass die ihre Picknick-Decken in eine Mäh-Wiese legt! Es ist allerdings wohl noch früh im Jahr.

Der Sabitzer mit seiner Freizeithose mit Bügelfalte und die Haare sorgfältig gekämmt. Warum kriegt der keine Geheimratsecken? Sein weißes T-Shirt ist natürlich makellos. Ob er sich die Wäsche selbst bügelt? Er ist ja so sparsam. Wahrscheinlich deshalb auch das Picknick. Ist wohl billiger als sie in ein Restaurant einzuladen, noch dazu, wenn sie das Essen stiftet.

Er: „Hörst du die Vogelstimmen?"
Herregütt. Poetisch wird er auch noch!

„Aber ja! Da ist der Kleiber: Driuuu – tschschsch – wiu – wiu – wiu, und zzwschwrrr – ein Rotkehlchen. Ein paar Spatzen sind auch dazwischen."

„Eine Nachtigall habe ich schon lange nicht mehr gehört".
„Kra, kra, kra – das ist eine Krähe", lacht sie. Tja, die zwei passen doch zusammen, wenn sie schon beide von und vom Vögeln schwärmen. He, he, he, sie küssen sich – so etwas tut man nicht in der Öffentlichkeit!


Warum mag ich den Sabitzer nicht? – Ah ja, ich schulde ihm Geld. Schon seit einem Jahr. Viel ist´s ja nicht, und ich hab´ erwartet, dass er nichts zurück fordert. Das macht er immer so. Entweder er gibt gar nichts oder er rechnet damit, dass er nichts zurückbekommt.

Soll ich aufhören? Nein, vielleicht erfahre ich ja noch etwas Interessantes.

Ich klettere jetzt auf diesen Baum, dann kann ich besser hören, was sie sagen.

„Und was machst du so als Erwachsenen-Bildnerin?"
„In erster Linie, und was mir am besten gefällt: Ich gebe Kommunikationskurse. Ein Kurs, der mich ziemlich beschäftigt, ist der Umgang mit Kranken."
„Und worum geht es da?"
„Etwa, dass man sich bei einem Besuch nicht aufs Bett setzen soll, weil das der einzige persönliche Bereich ist, den der Kranke hat. – Und wenn du schwer krank wärst, was würde dir besser gefallen: Wenn einer nur deine Hand hält oder säuselt: `Du Armer, alles wird gut, alles wird gut?"
„Also das zweite würde mich ganz schön nerven."

Also das sieht dem Sabitzer ähnlich, mit seinem Wahrheitswahn. Aber es ist doch gut, dass ich geblieben bin. Das ist doch interessant, was für ein Typ die ist.


„Na ja, wir machen so Rollenspiele. Einer spielt den Kranken. Das zweite kommt eigentlich besser an. Aber es geht bei den Rollenspielen nur darum, dass die Menschen überhaupt die Scheu verlieren, mit einem, der nicht reagiert, Kontakt aufzunehmen. – Aber reden wir von dir. Wie machst du dich so als BIO-Bauer? Bekommst du EU-Förderungen?"

Ja, bekommt er eigentlich Förderungen?

„Nein, ich habe nicht angesucht. Auf der einen Seite sind mir die Regeln zu wenig biologisch. Ich hoffe, strengere Regeln unserer Region durchsetzen zu können. Auf der anderen Seite haben sie Forderungen, die ich nicht erfüllen will: Warum soll ich mehr als zwei Kühe halten, wenn ich mit dreien überfordert bin und Futter zukaufen muss? Warum soll ich Schwalben aus meinem Stall verbannen, wenn ich dann andere Mittel gegen Insekten einsetzen muss?"
„Aber es ist doch schwer, sich so ohne Hilfe über Wasser zu halten!"
„Der da oben wird schon immer für mich sorgen."


Knacks! Ein Ast fängt an zu brechen. Das ist jetzt meine Strafe! Ich muss mich irgendwie aus der Affäre ziehen! Ich schreie und poltere hinunter: "Nichts da! Ich hier oben werde nicht für dich sorgen! Du sorgst schön selbst für dich!"

Krkss! Der Ast bricht und das zerbrechende Porzellan knirscht. Ich bin mitten in den kostbaren Tellern gelandet.

## **Der Wasserfall**

von Brigitte Prem

Der Wasserfall wechselte jeden Tag sein Gesicht, je nach Wetterlage war er grüngrau, blaugelb oder graubraun. Und er war einsam. Seit er vor einem halben Jahr aus einem Rinnsal geboren worden war, war er einsam. Seine Schönheit stand den bekannten Gewässern des Landes nicht nach, aber ihn kannte niemand. Vor dem denkwürdigen Datum vor einem halben Jahr war er ein winziges fließendes Gewässer in einer wilden Waldgegend, zu wild für normale Spaziergänger, zu uninteressant für Tourengänger. Es gab Fichten, Föhren und Zirben, dicht gedrängt, dass wenig Unterholz aufkam, aber Moospolster und Farne, die die Luft des Waldes bereicherten. Auch die Bäume waren an der Nordseite mit Moos bewachsen. Sie streuten jedes Jahr ihren Samen in Fülle aus, und jedes Jahr wuchsen – dicht gedrängt – kleine Bäumchen. Aber nur wenige kamen auf, denn sie nahmen sich gegenseitig den Platz weg.
Wenn man vom Tal aus hinauf schaute, sah man im Sommer verschiedene Schattierungen von Grün bis Grau, je nach

Wuchs des Baumes, je nach Sonneneinfall. Im Winter war der Wald weiß mit schwer herab hängenden Zweigen, unter dem Schnee lugte das Grün der Nadeln hervor, und die kahlen Laubbäume boten beschneit bizarre Formen.

Und dann kam der 8. Juli. Das Land war seit Tagen mit heftigem Regen übergossen, fast in allen Gegenden gab es Überschwemmungen. Die Keller der Häuser waren voll Wasser; manchmal reichte das Wasser bis ins Erdgeschoss und ergoss sich ins Wohnzimmer. Die Freiwillige Feuerwehr war Tag und Nacht im Einsatz. Die Leute, die höher wohnten oder von zu heftigen Regengüssen verschont blieben, fürchteten sich auch, denn niemand wusste, was kommen würde. Es gab vereinzelt Tote, Menschen, die irgendetwas aus den überfluteten Kellern holen wollten.

Am 8. Juli gab es ein Gewitter. Die dunklen Wolken zogen sich am Himmel zusammen und sammelten sich über dem kleinen Rinnsal in über 2000 Meter Höhe. Dieses Gewitter war, so sagte man, die Ursache, dass eine Steinlawine durch den Wald donnerte, Bäume mitriss, links und rechts Geröll hinterließ. Sie donnerte weiter über den Forstweg, über eine kleine Wiese, durch einen weiteren kleinen Wald. Überall ließ diese Steinlawine kleine und große Felsen zurück, riss riesige Fichten, Flachwurzler, mit und zerbarst diese Bäume. Nach dem Wald donnerte sie in die Häuser am Waldrand. Die Menschen mussten evakuiert werden und verloren über Tage hinaus ihre Heimat. Menschenleben waren hier zum Glück nicht zu beklagen.

Einige Bäume und Felsbrocken wurden weg geräumt, schon

weil man den Forstweg brauchte. Aber noch immer hingen jetzt, im April, die zerborstenen, riesigen Fichten über die Felsen.

Das Rinnsal hatte sich zu einem Bach ausgeweitet und sprang stufenförmig über die Felsen, weitete sich vor der Wiese zu einem kleinen Teich und rann als winziges Gewässer durch den zweiten Wald.

Niemand wusste von dem Wasserfall und seiner Schönheit, denn die Einheimischen hatten keine Ursache, zu dem Wald hinauf zu gehen, und die Touristen getrauten sich nicht, weil den ganzen Winter über Lawinengefahr gemeldet wurde.

Dann gingen zwei junge Frauen den Forstweg. Die eine war geprüfte Ski-Tourengeherin und kannte sich bei den Lawinen-Warnungen aus, was Grad 3 oder Grad 4 für welche Gegend bedeutete, und so wusste sie, ob der Weg gefährlich war. Beide waren gute Geherinnen. Sie marschierten über den knisternden Schnee und freuten sich an den Schönheiten des Waldes. An den Spuren im Schnee konnten sie erkennen, dass nur sie beide den Weg gingen; sonst gab es nur Tierspuren: Rehe, Hirschen, Eichkätzchen, Vögel, Mäuse, Dachse und Marder. Es war die Schattenseite des Tales, und wenn sie manchmal durch die Bäume die Sonnenseite durchschimmern sahen, blieb ihnen der Atem weg von so viel Schönheit, von dem Licht, das über die Bäume, Fichten und dazwischen kahlen Lärchen huschte, von dem Licht-Schattenspiel auf den Wiesen und auf den Felsen des hoch hinauf ragenden Berges. Einmal kamen sie an eine Wildfütterungsstelle.

Sie war eingefriedet, und sie fragten sich, warum. Außerhalb des Holzzaunes lag auch frisches Heu, das gut roch. Der Heugeruch mischte sich mit dem ständigen Geruch nach Fichtennadeln und Moos. Sie erfuhren später, dass der Lattenzaun gerade so weit war, um Rehe durchzulassen. Das Heu außerhalb war für Hirsche, die sich nicht durch den Lattenzaun zwängen konnten. So vermied man Futterneid. Jeder bekam, was ihm zustand.

Dann bogen sie um die Ecke und blieben überwältigt stehen. Links war der Wasserfall, rechts ein atemberaubender Blick auf das sonnige Tal. Der Wasserfall gab ein leises Rauschen von sich, wie Musik, wenn die Wassertropfen von einer Felsstufe auf die andere fielen. Rechts und links türmten sich in verschiedenen Grautönen die Felsen auf, über die die zerborstenen Fichten hingen. Sie wunderten sich und fürchteten sich wohl auch ein bisschen und wichen den zerborstenen Fichten, die auf sie fallen könnten, aus. Sie erfuhren erst später vom Unglück vom 8. Juni. Sie befragten die Bevölkerung, niemand wusste von dem Wasserfall. Aber als sie schilderten, wo er war, erzählte man ihnen, was am 8. Juli passiert war.

Am nächsten Tag gingen sie den Forstweg noch einmal, sie gingen in ihrer eigenen Spur. Noch immer waren sie die einzigen, die nicht in die Höhe strebten, aber sich auch nicht mit Niederungen zufrieden geben wollten. Es war kälter, der Schnee knirschte lauter. Sie zogen die Mützen über die Ohren und die Handschuhe über das Handgelenk. Eine kleine Maus huschte über den Weg und verschwand in der unteren Schneelage. Als sie nachschauten, fanden sie kein Loch.

Der winzige Teich, in den der Wasserfall sich von der Wiese verbreitet hatte und hier zur Ruhe gekommen war, war zugefroren, auch das Rinnsal, als das er am Vortag weiter geronnen war. Als sie genauer hinschauten, sprudelte es aber unter der Eisdecke.

Das Rauschen war verstummt, denn im Herunterrieseln war der Wasserfall zu Eis erstarrt. Die Färbung des Eises ging von Blautönen über Grau zu Gelb.

Sie setzten sich auf Felsen mit Blick auf den Wasserfall, tranken Kräutertee und aßen Butterbrot - der Schnee war so trocken, dass ihre Windjacken keine Nässe, nicht einmal Kälte durchließ. Als sie zurück gingen, trafen sie am Ende des Weges drei junge Frauen, die sich in ihrer Spur entlang arbeiteten.

„Geht der Weg ins nächste Dorf?" fragte eine.

„Wir sind nur bis zum Wasserfall gegangen", antwortete die Unerfahrenere und setzte zu einer Schilderung des Wasserfalles an.

„A so", unterbrach die Fragerin und drehte sich um.

Die zwei jungen Abenteurerinnen gingen weiter.

„Elende Stadinger", sagte die Befragte.

„Ja", erwiderte die andere.

Als sie am nächsten Tag ihren Wasserfall wieder besuchen wollten, sahen sie mit einer gewissen Schadenfreude an den Spuren im Schnee, dass die drei Frauen an der Stelle, an der sie sie getroffen hatten, umgekehrt waren.

## **Die Telefonzelle**

von Blanka Trunitschek

Nur noch manche nennen es „Hochhaus". Damals, in den Fünfzigern, als so viele vom Osten kamen, hat man das fünfstöckige Gebäude errichtet und damit war das Dorf vorzeigbar. Man hatte sich erhofft, dass diese Leute mit dem Dorfleben zusammenwachsen werden und die Gemeinde erblüht. Das erste, was erblühte, war die Kneipe. Die Männer, die neu dazugekommen waren, wurden vorwiegend Bauern, manch einer konnte in seinem erlernten Beruf als Schlosser, Schmied oder Schreiner weiterarbeiten. So haben die „Östlichen" und die „Westlichen" einander gefunden und so wurden etliche Hochzeiten, Taufen und Beerdigungen in der Kneipe, die inzwischen mehrmals vergrößert worden ist, abgehalten. Kein Bus mit Touristen hält mehr an, aber der Konsum an Bier und anderen Getränken, blieb konstant. Die Einkünfte aus Festessen und Familienfeiern sind ausreichend, um als Wirt zu überleben. Die Textilfabrik wurde geschlossen. Doch paar Großmütter erzählen noch heute von dem Geld, welches sie dort verdient hatten und von dem sie heute ihre Rente bekommen.

Am Ende der Dorfstraße, am Wendehammer, steht noch aus der alten Zeit ein Telefonhäuschen, die Tür ist aufgehebelt, kein Klingelton ist zu hören. Langsam torkelt ein Betrunkener auf die Telefonzelle zu, lallt ein Liedchen und setzt sich in der schmutzigen Bude auf den Boden.

„Ein Männlein steht im Walde, ganz still und stumm"…

Es regnet an diesem kalten Novemberabend, die Luft riecht nach Schnee. Er sieht den Hörer an einer Eisenkette hängen, ergreift ihn fast leidenschaftlich mit beiden Händen und haucht in das stumme Telefon:

„Irmchen, Irmchen, das hättest du nicht machen sollen! Du weißt doch, dass ich dich so lieb hab!".

Er küsst wiederholt den Hörer und schläft, an die Wand angelehnt, ein. Seine Beine lugen aus der ehemaligen Telefonzelle nach draußen. Es ist nachtschlafende Zeit, nur sein Schnarchen unterbricht die Stille. Leise fängt es an zu schneien.


Im Morgengrauen fährt die Polizeistreife vorbei und macht in dem frischen Schnee die ersten Spuren.

"Schau mal, siehst du, da, an der Telefonzelle!"

Beide Polizisten sehen angestrengt auf die Beine, der Fahrer hält den Wagen an und sie steigen aus.

„Ein Penner", meint der eine.

„Besoffen! Hier stinkt es wie in einer Destillation Schnapsbrennerei?!".

Sie sprechen ihn an, aber kein Laut entweicht seinen blauen Lippen.

„Du, der lebt nicht mehr!".

Es war keine Fremdeinwirkung feststellbar. Der Mann, alle kannten ihn im Dorf, er war der Sohn eines damals aus dem Osten kommenden Ehepaares, hinterließ drei Kinder. Zwei Jungs, die gerade eine Lehre absolviert haben und eine Tochter, die noch in die Schule ging.

„Nein, dem weine ich keine Träne nach", sagte die Ehefrau, als die Polizei die Nachricht, dass ihr Ehemann tot sei, überbracht.

„Außerdem, wir sind längst geschieden, mit so einem Säufer kann man nicht leben".

Dass die Ehe nicht glücklich war, das wusste das ganze Hochhaus. In der Kneipe wurde in den nächsten Tagen über nichts anderes gesprochen. Die Nachbarin, die am nächsten zu ihnen gewohnt hatte, die Frau Grieshahn, sagte:

„Was meint ihr, wie oft die Türe zugeschlagen ist, wie oft die ihn angekeift hat, wenn er abends nach Hause kam. Der war nur ruhig und lallte vor sich hin!"

Ihr Mann sagte dazu: „Ja, ja, manchmal schlief er auf der Fußmatte zusammengekrümmt. Sie hat ihn einfach ausgesetzt".

Der Schmied Otto, dem die etwas füllige Frau gefiel, sagte nur, dass er sie schon mal mit einem blauen Auge sah. Ihre Eltern wohnten auf gleicher Etage wie er, da hat er mitbekommen, dass sie dort Trost suchte.

Die Diskussion ging weiter, alle machten sich Gedanken:

„Bei drei Kindern, da denkt man doch, dass da etwas wie Liebe war, oder?"

„Wie werden die das jetzt verkraften? Vor allem die kleine Annette. Mädchen hängen doch an ihrem Vater, egal, wie er ist oder war!"

„Du weißt doch, wie es im Leben zugeht. Verwinden, verdrängen, vergessen!"

„Ja, und später brauchst du einen Psychiater!"

„Schlimm! Vater im Suff erfroren! Und Mutter zeigt keine Rührung! Kannst mir nicht erzählen, dass sich so etwas nicht auf die spätere Ehe auswirkt."

Das Leben geht weiter in dem kleinen Dorf. Nichts mehr erinnert an den Erfrierungstod. Die Kinder und ihre Mutter sind in die Stadt gezogen, niemand hat Kontakt zu ihnen. Die Großeltern leben auch nicht mehr. Alles ist verwunden, verdrängt, vergessen.

## **April: Der Freizeit-Fotograf**

von Brigitte Prem

Es begann mit Misteln. Er wusste nicht, was es war. Er sah die Kugeln in den Bäumen hängen und hielt es für möglich, dass es verlassene Vogelnester waren.

Irgendjemand hatte ihm ein Pflanzenforum auf die Leseliste seines Computers getan, und er dachte, er könnte nachfragen. Er lieh sich die Digital-Kamera seines Sohnes aus, und bemühte sich „legal" und verständlich zu fotografieren. „Legal" hieß für ihn, dass er die Hausdächer darunter nicht mit fotografierte, denn er hatte gehört, dass man nichts Persönliches, auch kein zuordenbares Haus, ins Netz stellen dürfe. Verständlich hieß, die Dinger mussten klar erkennbar sein. Er musste zoomen, näher kam er nicht heran.

Erkennbar waren die Kugeln in den Bäumen, aber die Fotos widersprachen allen Regeln der Schönheit: Sie hingen fade von links nach rechts im Bild, es gab keinen Mittelpunkt, keinen Blickfang. Aber das war jetzt egal.

Er bekam eine sehr nette Antwort: „Das sind Misteln, sieh hier!", und dann ein Link auf einen Wikipedia-Artikel.

Aber von da an beschäftigte er sich mit Fotografieren – die Welt erfassen, schöne, interessante Dinge ausfindig machen und im Bild einfangen oder auch banale Dinge durch das Bild sehenswert machen. Dazu lernte er Bildbearbeitung. Ein Freund lud ihm das Gimp-Programm auf den Computer, eine kostenlose Bildbearbeitungsmöglichkeit. Damit konnte er fotografierte Bilder wie gezeichnet aussehen lassen, oder wie ein van Gogh Bild. Oder er konnte Sonne über ein düsteres Bild schütten. Oder er konnte eine Kuh in eine Wiese setzen.

„Wozu machst du das?" fragte ihn ein Bekannter. „Willst du die Bilder verkaufen?"
„Aber nein," antwortete er.
„Nochmals: Wozu machst du das und beschäftigst dich stundenlang damit? Man kann viel schönere Bilder aus dem Internet herunterladen."
Er schüttelte sich ein bisschen wie ein begossener Pudel, aber er sagte nichts.

In der Volksschule hatte er einmal einen Fotokurs gemacht. Man musste genau aufpassen, denn damals war jedes Bild teuer. Er erinnerte sich, das Objekt des Interesses durfte nicht in der Mitte sein. Das wirke langweilig. Auch musste er darauf achten, dass nichts vor der Linse hing. Einmal fotografierte er die Schnur, an der er den Fotoapparat an die Hand hängte, mit. Die Sonne oder die Lichtquelle musste im Rücken sein, sonst wurde das Bild zu dunkel; dabei musste man aufpassen, dass nicht der eigene Schatten mit ins Bild kam.

Er war ein bisschen gehemmt, denn obwohl er nicht vorhatte, seine Bilder zu vermarkten, wollte er sich an die Regeln halten und nichts Persönliches aufnehmen. Wenn einmal etwas ins Bild rutschte, das er als zu persönlich erachtete, stempelte er es weg.

Nun ist es aber so, dass sehr oft gerade das Persönliche einen Aspekt der Welt besonders gut zum Ausdruck bringt. Er fand einen Ausweg: Er lernte mit Gimp zeichnen. Man konnte mit Bleistift oder mit Pinsel Linien oder Muster ziehen, oder man konnte Farben über freie Flächen schütten. Nun schränkte er sich bei der Auswahl seiner Motive nicht mehr ein, sondern er zeichnete das fotografierte Bild einfach ab und löschte es dann.

Eines Tages ging er wieder spazieren, am linken Handgelenk den unvermeidlichen Fotoapparat. Es war ein schöner April-Tag. Er dachte an nichts Böses und nichts Gutes, er ließ sich einfach die Sonne ins Gesicht scheinen. Die Vögel zwitscherten und freuten sich am lange erwarteten Frühling. Er unterschied Bachstelzen und Amseln, und manchmal hörte er einen knarrenden Laut, den er aber nicht zuordnen konnte. Er ging die Ein-Familien-Haus-Siedlung entlang. In den Gärten guckten die Frühlingsblumen aus dem wohl noch grauem Gras. Die Schneeglöckchen und die Frühlingsknotenblumen waren schon selten geworden. Nur mehr die Blätter büschelten sich in den Gärten. Die ersten Palmkätzchen ließen an Ostern denken. In einem geschickt gefassten Bach tummelten sich die bunten männlichen und die unscheinbaren weiblichen Enten, letztere kaum sichtbar in ihrem warmen Braun gegen die hölzerne Bachfassade.

Er zielte auf den nahe gelegenen Wald. Als er durch die

schöne Allee ging, deren Äste bizarr zum Himmel starrten, stempelte er in Gedanken die Autos weg.

Die Häuser wurden weniger, und er kam zu der Wiese, auf der ein einzelner sehr alter Baum stand, der irgendwie Geschichte hatte. Links und rechts, noch weit entfernt, formten die immergrünen Fichten die Silhouette gegen hellblaue Berge und den Himmel – vor seinen Augen verschwamm die Landschaft zu einem impressionistischen Gemälde.

Allmählich stellte sich Lebensfreude ein. Auf der Wiese wuchsen Primeln und kleine blaue Sternchen. Am Waldrand Bärlauchblätter, noch klein und jung. Er bückte sich und aß eines. Es schmeckte nach Knoblauch. Als ein Zitronenfalter aufflatterte, spürte er in sich die Liebe zur Schönheit der Welt sich aufdrängen, die ihm so vertraut, so erwünscht, aber auch so schmerzlich war. Unter den Birken am Waldrand lagen wunderschöne Usnea-Flechten in allen Farben: grau, weiß, bläulich, sehr helles Rosa. Er legte sich auf den Boden, um zu fotografieren.

Dann sah durch die Bäume die Frau. Er sah nur den Rücken. Sie saß auf einen Baumstamm, und über den Rücken hing ein langer, kompliziert geflochtener Zopf, dessen Oberteil von einem altmodisch gewundenen Kopftuch bedeckt war.

Dann sah er, dass sie ein Kind in den Armen hielt. Es hatte den Kopf über der linken Schulter der Frau und schlief. Warum mochte sie hier so sitzen, so ganz allein mit dem Kinde, fast mitten im Walde? Wollte sie dem Kinde Ruhe verschaffen, weg aus einem Wohnbereich voller Besucher? Wollte sie selbst vor Menschen fliehen, die sie zwar in ihrem Leben haben wollte, die sie aber nervten? Sollte das Kind nur frische Luft atmen? Gefiel ihr, wie ihm, die frühlingshafte Atmosphäre?

Allmählich ging ihm die unendliche Schönheit dieses Bildes auf – ein Blick auf die Ewigkeit: diese junge Mutter mit ihrem Kind!


Das war nun wohl etwas sehr Intimes, doch er nahm den Foto-Apparat und fotografierte sie. Dann zog er sich still hinter die Bäume zurück.

Zu Hause öffnete er Gimp, probierte mit den Funktionen Pinsel, Bleistift und Pfad und verschiedenen Farben, und am Ende drückte das Bild seine Liebe zur Schönheit der Welt aus, die er fühlte. Er löschte das Original.


Und wenn immer die Sehnsucht ihn unerträglich ergriff, holte er das Bild der jungen Mutter und er wurde ruhiger.

## **Wie kommen wir hier raus??!**

von Blanka Trunitschek

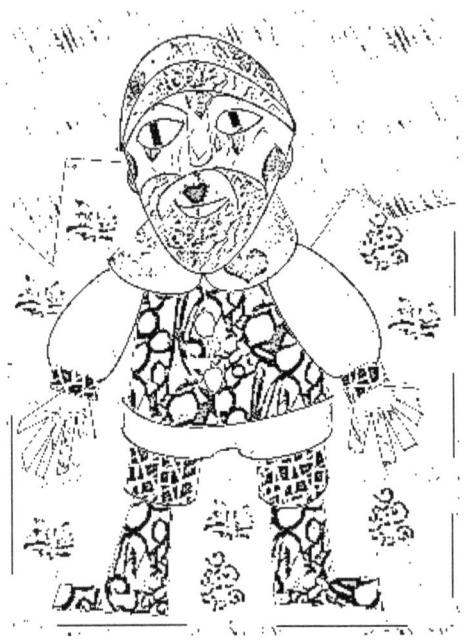

Das Konzert war zu Ende und wir gingen aus der Halle über die Straße zur Tiefgarage. Mein Vorschlag war mit den öffentlichen Verkehrsmitteln zu fahren, aber das würde bedeuten irgendwann gegen Mitternacht auf der Haltestelle zu warten und riskieren, dass die letzte Bahn gerade weggefahren war.
Das Auto stand also schön warm, wir gingen, berauscht noch von den letzten Melodien, auf der frischen Luft und in Dunkelheit, hin, um bequem nach Hause zu kommen. Dass das Herausfahren aus der Tiefgarage schwieriger sein würde als das Hineinfahren, ahnten wir noch nicht. Vor uns eilten einige Besucher des Konzerts mit zielbewussten Schritten in die gleiche Richtung wie wir

und so sind wir, wie hinter einem Leithammel, ihnen nach. Doch die Eingangstür, durch die wir am Abend herauskamen war verschlossen. Was nun?

Eine Dame, die etwas jünger und schneller war als wir, hat eiligst die Außentreppe aufwärts genommen, wir hinter ihr. Um uns herum nur Hochhäuser, in den sich Büros einer namhaften Versicherung befanden. Und nicht nur die, wie wir später erfuhren. Benebelt von dem Duft der Vorausgehenden( ich roch nichts), folgte mein Gatte ihr wie angeleint. Unten in der Garage stieg sie in ihr Fahrzeug und wir standen da wie verdattert. Es befanden sich dort noch zwei, drei Fahrzeuge, von unserem Auto war aber nicht ein Schatten zu sehen. Die Räume gefielen uns nicht, vor allem, weil die Parkplatznummern nicht im Mindesten der entsprachen, die ich mir vorher notierte. Ich hatte 092, hier stand die Nummer 1199 und höher. Eine unvorstellbare Entfernung vom Ziel tat sich uns auf. Wie gingen nach links und kamen tatsächlich zu einer ähnlichen Nummer: 92. Wenn wir eine Skala von 092 bis 92 zu Grunde legen und die 092 als eine negative Zahl nennen, müssen wir demzufolge die ganze Tiefgarage in umgekehrter Richtung durchlaufen.

„Nicht, dass wir uns noch von einander verlieren", rief ich, denn er streckte seine Schritte auf militärische Länge aus. Meine Stimme hallte laut und ängstlich. Erst jetzt wurde mir bewusst, dass die Säulen, die diese Räumlichkeiten unter dem Hochhaus stützten, nicht so farblich gekennzeichnet waren, wie die, die ich vorher wahrgenommen habe. Auch die Bezeichnung der Fima war eine Andere!

Wir fanden eine Klingel zum telefonischen Notfallmelder. Zaghaft haben wir geklingelt. Sofort ging irgendwoher ein Ton ab und nach etwa zehnmaligem Läuten meldete sich eine Männerstimme. „Wir finden unser Auto nicht", berichteten wir schuldbewusst. Ich teilte dem guten Menschen unsere notierte Nummer. „Ach, da sind sie im anderen Gebäude, welches nur unserer Firma zugehörig ist." Wir mussten aus dieser Parkgarage heraus und in die Nebengarage herein. Klar, wie einfach! Geh einfach heraus, wenn um dich nur Säulen oder verschlossene Rampen und alle Türen, die irgendwo in die Außenwelt führen würden, gesperrt sind! Wenn beleuchtete Drehtüren sich nur von außen nach innen drehen und nicht umgekehrt!

Plötzlich sahen wir den Aufgang auf die Straße! Seufzer der Erleichterung, tiefe Atemzüge. Aber wie sollten wir in die benachbarte Garage hineinkommen? Ha, jemand fuhr heraus! Schnell eilten wir die Abfahrt hinunter, um unter das noch geöffnete Gatter durchzukommen. Und was sahen wir gleich nach einigen Metern vor uns? Genau, unser Auto wartete, dass es endlich nach Hause kommen konnte. Sofort setzten wir uns hin, die lange Suche war vergessen und ich konnte wieder die vorher gehörten Rhythmen im Geiste hören. Wie schön der Abend doch war!

## **Ländliches Leben im All**

von Brigitte Prem

Eine Kugel in der Erdumlaufbahn von 70 000 km2 Fläche.

Eigentlich sind es drei Kugeln von der Größe von 70 000 km2 in der Umlaufbahn. Aber uns interessiert nur eine: die auf der unser Held, der Bauer Kerschbaumer, lebt und seinen Besucher von der Erde empfängt. Man braucht 22 Tage, um von der Erde zu diesem Trabanten zu kommen.

Man braucht 18 Tage, um einen der beiden anderen Trabanten zu besuchen, und weitere 18 Tage, um den dritten zu erreichen. Die schreckliche Vorstellung von Leuten auf der Erde, dass man eingesperrt ist auf einem kleinen Raum, stimmt also nicht. Das Leben auf unserem Trabanten ist aber sehr viel anders, und man muss sich anpassen.
5 Millionen Menschen wohnen auf diesem Erdtrabanten.
"Du bist mir willkommen", sagt Herr Kerschbaumer zu

seinem Besucher von der Erde, den er 25 Jahre nicht gesehen hat. Denn gegenseitige Besuche sind doch schwierig und aufwendig.

"Ich hoffe, du hattest eine gute Reise."

"Es geht. Man ist, wie in einem interkontinentalen Flugzeug, eingesperrt zwischen zwei Personen, und das 400 Stunden.".

"Ich weiß nicht, wie ein interkontinentaler Flug ist."

"Egal. Es sind 400 Stunden, deshalb gibt es einen Bewegungsraum, den man auf eigene Gefahr benützen kann. - Aber ich sagte bei der Einreise, du würdest für mich sorgen. Ich hatte zu wenige Taler mit."

Taler sind nämlich die Währung auf dem Trabanten; man nennt sie so nach einer uralten Währung auf der Erde. Das Geld wird wenig gebraucht. Es gibt Leute, die ganz ohne Geld, nur mit Selbstversorgung und Talentebörse, auskommen. Aber Selbstversorgung und Talentebörse setzt sehr viel Kommunikationstalent voraus, und man hat, um Schwierigkeiten zu umgehen, doch Geld eingeführt, von dem jeder zu Beginn einer gewissen Zeit, die man, in Anlehnung an einem Ausdruck auf der Erde, "Monat" nannte, eine Summe bekommt. Auf der Erde wurde vor 200 Jahren wohl auch von so etwas geredet - man nannte es Bedingungsloses Grundeinkommen, aber es kam bisher nicht dazu. Von der Erde oder von einem anderen Trabanten Einreisende müssen vor der Abreise Geld wechseln und mitbringen oder jemanden angeben, der für sie bürgt.

"Du bist mir willkommen. Ich freue mich, dass ich dich nach so langer Zeit wiedersehe, was immer dein Begehr ist", wiederholte Herr Kerschbaumer.

Nun lächelte der Besucher. "Ich freue mich, dich zu sehen - nach so langer Zeit."

"Dennoch bist du sicherlich nicht nur gekommen, um Erinnerungen mit mir auszutauschen," kommt Herr Kerschbaumer zur Sache.

"Es gibt Leute, die sehr neugierig auf euren Trabanten sind. Und ihre Neugierde möchte ich befriedigen. - Du lebst auf einem interessanten Trabanten", sagte der Besucher von der Erde.

"Was interessiert dich denn?" fragt Herr Kerschbaumer.

"Oh, alles. Wie ist der Trabant entstanden?"

"Es gab vor über 200 Jahren schon Ideen von Trabanten im Weltall. Man konnte Modelle in Museen besichtigen. Auch die NASA entwarf Pläne. Ich kann dir ein Buch zeigen."

"Ja, bitte. Ein bisschen weiß ich auch darüber. Aber dieses waren doch Pläne zu Weltraumstätden. Ihr aber lebt doch eine Art des Landlebens, wie es bei uns nicht einmal die Amischen mehr tun."

"Der Trabant mit der Stadt war ja auch der erste, den man machte. Aber auch der Trabant mit der Stadt setzt auf Selbstversorgung. Man sollte nicht von der Erde abhängig sein. Und man kam dann drauf, dass kleine Einheiten wie Bauernhöfe platzsparender sind als Hochhäuser und Plantagen. Und es gab genügend Leute, die das schöner fanden".

"Wieso Platz sparender? Kommen so viele kleine Bauernhöfe nicht einer Zersiedelung gleich?"

"Nein! Die vom Stadttrabanten brauchen mehr Raum als

wir, weil zu jedem Hochhaus viel mehr Platz für ihre Art von Landwirtschaft und Erholungsraum benötigt wird als bei uns."

"Kannst du das beweisen?"

"Fahr doch hin und schau es dir an!"

"Wie habt ihr es in 120 Jahren geschafft, eine Landschaft mit produktiven Wiesen und Feldern, ja sogar Bäumen und Wildnis, zu schaffen?"

"Wir haben alles mitgenommen."

"Was ist euch, oder sagen wir dir, im Leben wichtig?"

"Du meinst, was ist mir für unseren Trabanten wichtig?"

"Eigentlich habe ich gemeint, was ist dir persönlich wichtig, und kannst du das auf diesem Trabanten leben?"

"Ich würde sagen, die Lebensgrundlagen sind Nahrung, Schutz vor Witterung und eine Behausung, schon an Luxus grenzt gute Freundschaft."

"Platz für Kreativität, Liebe, Kontakte?"

"Oh, was glaubst du? Wir haben Künstler, die sich regelmäßig treffen, Vernisagen, Museen...."

"Ja?" - "Bei uns gibt es so tiefe und echte Freundschaften, wie bei euch ganz selten. Und Liebe? Was denkst du, woher bei uns die Kinder kommen?"

"Warum die Konzentration auf die ursprüngliche Landwirtschaft?"

"Wir wollten zurück zur Natürlichkeit. Wir wollten Einfachheit und Unmittelbarkeit".

"Würdest du das Experiment als gelungen bezeichnen?"

"Welches Experiment?"

"Als ihr euch für das Leben auf dem Trabanten gemeldet

habt, wie viel ward ihr da?" - "Zwei Millionen, fünf Millionen sind wir heute."

"Und was stelltet ihr euch vor?"

- "Weg von
    - der Konsumgesellschaft
    - dem Leistungszwang
    - der legalen Brutalität"

"Und ist das Experiment gelungen?"

"Ich würde sagen, ja"

"Denkst du, dass für uns dieselben Sachen wichtig sind wie für euch?".

"Sollen wir über die Konsum-Gesellschaft diskutieren?"

„Der Zwang zu verkaufen ergibt den Zwang zu kaufen. Dem folgt die Wegwerfgesellschaft; die ergibt wiederum Umweltverschmutzung. Das Tier ist nur mehr Ware, das resultiert im tierleid. Shoppen als Hobby führt zur Verkümmerung von Fähigkeiten. Kannst du mir folgen?"

"Mm."

"Wie sieht es mit der Konsumgesellschaft heute bei euch aus? Seid ihr noch immer so auf Wirtschaftswachstum aus? Wenn jeder so viel arbeitet, um sich zu ernähren, sollte man doch kein Wirtschaftswachstum brauchen."

"Na ja, sich und seine Familie."

"Du solltest wissen, was ich meine. Wachstum geht immer auf Kosten von jemandem."

"Ich habe nicht so darüber nachgedacht."

"Inwiefern bist du in diesem Kaufrausch gefangen? Kommst du ihm aus?"

Eine nicht mehr ganz junge Frau betritt den Raum. Sie

bringt Obst.
"Ich habe gedacht, ihr wollt euch ein bisschen erfrischen."
"Meine Tochter".
"Das Obst ist aus unserem Garten", sagte sie.
Die Frau war in einem eleganten Kleid gekleidet, das an irgendeine Tracht erinnerte. Sie setzte sich zu den zwei Männern, nachdem sie das Obst geschickt und hübsch auf dem Tisch drapiert hatte.
"Wie erzeugt ihr eure Kleider?"
"Wir haben nur Einzelanfertigungen, Qualitätsware, jeder von uns. Aber wir tragen jedes Kleidungsstück Jahrzehnte lang."
"Wird euch das nicht fad?"
Die Frau mischte sich ein: "Wir tauschen. Entweder mit Freundinnen. Oder es gibt auch Tauschzentren.Und wir ändern. Wir machen unsere Kleidung immer wieder neu. Es gibt eine Jacke in unserer Nachbarschaft, die hat schon sieben Besitzer gehabt, und jeder hat ihr etwas Neues hinzugefügt."
Herr Kerschbaumer erläuterte: "Ihr hattet auf der Erde auch einmal eine Bewegung: Guccinize Fashion, was bedeutete, alte Kleidung wie ein Markenkleid aussehen zu lassen. Es waren Leute, die den Konsumzwang satt hatten. Aber die Bewegung setzte sich nicht durch."
Herr Kerschbaumer beugte sich vor: "Wir reden ziemlich durcheinander. Aber wir können das später ordnen. Du bleibst doch eine Weile. Frag jetzt einfach drauf los, und ich bekomme einen Eindruck davon, was dich

interessiert."
"Ich habe von eurer Talentebörse gehört. Wie funktioniert das?"
"Im Prinzip wie Nachbarschaftshilfe. Meine Tochter ließ sich ihr Kleid reparieren."
"Ich wollte die Knöpfe in einem anderen Stoff haben. Ich dachte, das wirkt fröhlicher."
"Ich wunderte mich schon, dass das Kleid so elegant wirkt, obwohl die Knöpfe bunt sind."
"Zurück zur Talentebörse: Und meine Tochter gab ihrem Sohn Nachhilfe im Sprachunterricht. "
"Das ist doch keine Börse."
"Es heißt eben so. Außerdem ist es auch organisiert. Hans macht das bei uns. Man geht zu ihm hin und sagt, was man bieten kann und was man braucht. Vielleicht ist der, dem du etwas bietest, nicht der Gleiche wie der, der dir etwas macht. Vielleicht kennst du ihn nicht einmal."
"Und so kommt ihr ohne Geld aus?"
"Nicht ganz. Manchmal muss man mit Geld ausgleichen. Deshalb haben wir das Bedingungsloses Grundeinkommen eingeführt. So ist jeder versorgt. Ich habe übrigens gelesen, dass es die Talentebörse vereinzelt auch bei euch auf der Erde gegeben hat."
"Das stimmt. Aber ich weiß nichts darüber."
"Was willst du noch wissen?"
"Ihr kommt ohne Auto aus?"
"Eine solche Luftverschmutzung könnten wir uns nicht leisten. Wir haben ein ausgezeichnetes öffentliches

Verkehrs- und Transportnetz."

"Ich denke", sagte die Dame, "es geht im Prinzip nicht um einzelne Dinge, sondern um den Größenwahn, der die Menschen ruiniert. Es zeigt sich der im Großen: in einer Wirtschaft, die nur funktioniert, wenn so und so viel verkauft wird, ganz egal, ob die Leute das brauchen oder nicht. Und im Kleinen, indem man den Leuten einredet, sie müssten die Größten, die Besten sein: Im Sport ruinieren sie sich ihren Körper durch Doping und Risiken, denen sie nicht gewachsen sind. Man stürzt beim Paragleiten ab, man verletzt sich beim Schispringen bis zu Krüppelhaftigkeit. Man ruiniert um der Karriere willen Familienleben und Gesundheit. Und man erkennt gar nicht, dass man ganz gut leben könnte, ohne der Größte zu sein. Bei uns ist niemend der Größte, und man findet das nicht erstrebenswert."

"Aber Wettbewerb ist doch gesund!"

"Natürlich! Das Bessere ist stets der Feind des Guten gewesen. Falsch ist aber, wenn man vor lauter Begierde nach Größe nicht erkennt, was das Gute, das Bessere für alle und alles ist."

"Was meinst du mit "alles"?

"Das Wort "alles" war eigentlich ein Zugeständnis an eure Denkweise. Tier und Natur ist doch für euch nur Ware. Dass es Lebenswesen mit eigenem Lebensrecht sind, akzeptieren bei euch nur wenige. Ihr lässt Tiere geboren werden, sie ein elendes Leben fristen, einen schrecklichen Tod erleiden, um ihr Fleisch dann weg zu werfen, weil ihr nicht genug essen könnt."

"Es sind viele dagegen."
"Lippenbekenntnisse. Das Konsumverhalten ändert sich deshalb nicht."
"Ihr habt viele Kleinbauernhöfe, keine einzige Tierfabrik: Aber wie garantiert ihr den Tierschutz dort.
Die Frau, der das Thema am Herzen lag, stand auf und ging auf und ab: "Für`s Erste ist ein glückliches Tierleben für uns ein Wert. Das garantiert schon ein anständiges Verhalten gegenüber dem Tier. Dann haben wir ausgiebige Forschung über artgerechtes Tierleben, und jeder, in welcher Form immer, der Tiere hält, ist zu regelmäßigen Fortbildungskursen verpflichtet. Dann gibt es Hilfen für entsprechende Bauten und Umbauten bei neuen Erkenntnissen."
"Seid ihr Vegetarier?"
"Nein, ich bin kein Vegetarier! Wir essen wenig Fleisch. Das ist besser für unseren Trabanten. Aber Tiere fressen auch andere Tiere. Meine Tochter lebt vegan."
"Und wie habt ihr in den 150 Jahren eine solch wunderbare Wildnis erreicht?"
"Erinnere dich: bei uns geht es nicht um Wirtschaftlichkeit. Eine 'wunderbare Wildnis, wie du sagst, ist für uns ein Wert, und wir lassen viel stehen und wachsen, wie es ist. Drum, wollt ihr nicht zugrunde gehen, lasst noch ein bisschen Wildnis stehen! Daran halten wir uns. Und wenn wir Holz brauchen, plentern wir."
"Was heißt plentern?"
"Das gibt es bei euch auch. Plenterung ist eine der

Betriebsarten, mit denen sich Wald nachhaltig nutzen lässt. Dabei bleiben die Waldstruktur und das Waldklima erhalten und langfristig kann dieselbe Menge Holz genutzt werden wie mit anderen Betriebsarten. Es werden immer nur einzelne Bäume in kleinen Lichtungen geschlagen, sodass Jungholz nachwachsen kann."

"Was meintest du mit, ihr seid gegen legale Brutalität."

"Bei uns gibt es keine Todesstrafe. Damit signalisiert man, es darf getötet werden. Es gibt keine Kriege. Aber es wird viel diskutiert, nach dem Subsidiaritätsprinzip bis ins Kleinste. In kleinsten Gruppen wird ein Problem ausdiskuitert und mit Vertretern der nächsten Ebene vorgelegt. Kleinste Gruppen sind nicht nur Familie, Pfarrgemeinde und Nachbarschaft, jeder kann eine kleine Gruppe bilden, wenn es ein gemeinsames Problem gibt."

"Und wie erzieht ihr eure Kinder?"

"Die Kinder werden selbstverständlich zu Hause erzogen. Die Eltern horchen sich um, wer etwas von dem, das ihre Kinder können sollen, gut kann, bilden eventuell Gruppen und organisieren nach der Talentebörse."

"Und das funktioniert?"

"Das funktioniert. Wie ist es denn bei euch? Ihr bringt die Kinder in Bussen zu weit entfernten Schulen, wo sie teilweise Dinge lernen, die sie weder interessieren, noch je wieder brauchen werden. Wie viel wertvolle Lebenszeit geht da verloren!"

Der Besucher von der Erde nagte an seinem Fingernagel. Ihm oblag es nun, einen Artikel für das Medium auf der Erde zu verfassen, bei dem er Spitzenjournalist auf vielen Gebieten war. Deswegen wurde er auch für den Besuch auf den Trabanten ausgewählt. Er blickte auf die schöne Frau, die altersgemäß zu ihm passen könnte, und überlegte, ob er ein Leben auf diesem Trabanten aushalten könnte. Kein Kick mehr über einen gelungenen Artikel, große Besucherzahlen, heftige Diskussionen. Hier, auf diesem Trabanten ging es immer nur um die Sache.

"Wie lebt ihr die Gier danach aus, jemanden auszustechen. Dieses Gefühl müsst ihr doch in euch haben! Das verschwindet doch nicht in fünf Generationen!"

"Oh, wir haben Sport, literarische Wettbewerbe, Sprachspiele. Aber es geht nicht um Lebensgrundlagen. Es sind Spiele, und so heißt das ja auch. Es geht immer nur um die Ehre, nicht um Geld. Und wer verliert, bekommt Vorschläge für Spiele, denen er gewachsen ist, und es ist kein Persönlichkeitsverlust damit verbunden."

Der Besucher von der Erde nagte noch immer am Daumen. Nur mehr einer unter anderen sein? Würde er das aushalten? Auf der anderen Seite: Er war alt. Lange konnte er bei dem mörderischen Spiel wahrscheinlich ohnehin nicht mehr mithalten.

"Herr Kerschbaumer, ich bitte Sie um die Hand ihrer Tochter?"

"Und was wäre mit ihrem Artikel?"

"Den könnte ich doch funken."

"Tjaaa!"

**Die Boisenbergs**
von Blanka Trunitschek

„Manfred, schau´ mal, der Viktor hat schon alles bepflanzt. Komm, wir ziehen uns an und holen auch paar Primeln für die

Fensterbank". Ilse, noch nicht lange dem täglichen Stress des Berufslebens entronnen, verlangt es nach irgendeiner Tätigkeit.

Die zwei sitzen, in dicke Wolljacken angezogen, auf der Terrasse und frühstücken. Das ist nicht zu überhören. Das Besteck klappert beim Ablegen, die Tassen klimpern beim Aufsetzen auf die Untertassen, nur der Dampf aus der Kaffeekanne entweicht unbemerkt. Es ist ein sonniger Frühlingstag anfangs März, im Rasen zwingen die ersten Krokusse ihre Köpfe aus der Erde. Die kleine Siedlung schläft noch, es sind keine Kinder mehr da, die in die Schule gehen müssten. Bis auf zwei, drei Frauen sind alle Rentner. Ilse und Manfred sind hier vor dreißig Jahren eingezogen. Sie hatten zwei kleine Mädchen, so wie auch die übrigen Nachbarn, acht an der Zahl, die auch mit Kleinkindern eingezogen waren. Da war noch Leben auf der Straße. Anfangs wurde noch oft gefeiert: Geburtstage, Karneval, Kindergeburtstage. Aber als allen bewusst wurde, wie hoch die monatliche finanzielle Belastung geworden war, wurden auch die Feiern seltener. Der Ehrgeiz spiegelte sich in Gestaltung der kleinen Gärten.

Ilse und Manfred Boisenberg hatten keine große Fantasie aufgewendet. Links und rechts über den Zaun geschaut und schon standen zwei, drei Bäumchen vorn, zwei schmale Beete seitlich und dazwischen eine Rasenfläche, die an die Terrasse grenzte. Sie wollten es nur den Nachbarn gleichtun. Nicht besser. Sie wollten nur ebenbürtig sein. Mit den Jahren erreichten die Bäumchen in der Nachbarschaft beachtliche Höhe, sodass man immer öfter die elektrische Schere hörte. Manche hatten einen immergrünen Zaun geschaffen, der häufiger eine Richtschur benötigte, mancher versuchte sich als Baumfigurenkünstler und gestaltete penibel seine Hecke.

„Oder wir schneiden die Bäume. Können wir nicht auch so eine immergrüne Hecke haben? So wie die Hannelore rechts? Wie wäre es, wenn du die Lebensbäume stutzt?"

„Ja, soll ich das machen?"

„Das wäre doch toll, dann sieht hier wenigstens auch keiner rein! Du hast doch eine Säge im Keller!"

„Doch da ist eine, aber meinst du mit der kann man so was machen?"

Manfred holt bereitwillig die Säge von unten, die hat er noch von seinem Vater geerbt, guter Stahl, noch in Zeitung eingepackt. Aber als ehemaliger Büroangestellter hat er nicht viel Erfahrung in diesen Dingen.

„Soll ich einfach nur die Spitzen kappen?"

„Ja, mach, ich halte die Leiter".

Manfred schiebt seinen Bauch, über dem sich das Hemd fast bis zum Zerreißen spannt, langsam die Sprossen hoch, in einer Hand die Säge haltend. Ilse, deren weißes Haar wie eine Pusteblume um dem Kopf kränzt, dirigiert leise: „Etwas mehr nach links, dort, mach die Zweige auseinander, ja da setzt du an." Manfred muss immer wieder abwechselnd die Arme runternehmen. Die Leiter ist zu kurz, es macht ihm Mühe sich so lange zu strecken. Immer öfter schiebt er seine Brille an der verschwitzten Nase zu Recht. Ilse steht an der Leiter angelehnt und träumt von schönem, dichtem immergrünem Zaun, von einer Hecke wie in einem Park. Mit der Zeit werden die Zweige mehr in die Breite wachsen, als in die Höhe und so verdichtet sich die grüne Wand. Das hat ihr mal der Viktor erzählt. Die beiden unterhalten sich schon mal über dem Zaun, wenn sie das Unkraut zupfen und Viktor seine Ratschläge zum Besten gibt.

Plötzlich kurzes Aufschreien, Ilse erschrickt, Manfred flucht unmissverständlich und die Säge knallt zum Boden. Sie ist ihm aus den eingeschlafenen Händen rausgerutscht. „Was ist?", Ilse sieht ihren Traum schwinden. In dem Augenblick steht Viktor am Fenster, das Getue im Nachbarsgarten hat ihn aufgeweckt und er spähte schon eine Weile hinter der Gardine. Jetzt lässt er sich sehen und zeigt mit den Händen, dass die zwei warten sollen. Er sieht sich gezwungen einzugreifen. Denn, wenn er jetzt nicht hilft, wenn er nicht sagt wie, nicht zeigt wo, wenn er nicht selbst zu der Gartenschere greift, ist er später, schon heute Nachmittag, morgen früh, wenn er aufsteht, jeden Tag, gezwungen sich das Malheur anzusehen. Dicke Baumstümpfe würden aus einem grünen Gestrüpp herausragen, wie Geierhälse aus dem schwarzen Gefieder. In paar Minuten ist er mit seiner Leiter, die höher ist als die von Boisenbergs, unten. Er ist auch größer und so schneidet er die Spitzen selbst. „Siehst du Manfred, so werden wir es auch schön haben." Manfred ist froh, diese Aufgabe mit Viktors Hilfe bewältigt zu haben. Sein hochroter Kopf verrät den hohen Blutdruck, unter dem er leidet, aber das hindert ihn nicht daran, Viktor zum Glas Sekt einzuladen. Viktor lehnt ab, er hat noch nicht gefrühstückt. Er ahnt, dass seine Hilfe noch mal benötigt wird. Wollten die Boisenbergs nicht ein paar Stiefmütterchen kaufen gehen?

Kurz nach dem Mittagessen (bei den Boisenbergs wird natürlich auf der Terrasse gegessen), legt sich das Ehepaar auf die bereitgestellten Liegestühle auf der Rasenfläche. Man muss die ersten Sonnenstrahlen nutzen. Aber Manfred fühlt sich nicht wohl.

„Ich habe wohl zu viel gegessen."
„Du isst ja immer zu viel. Was ist?"
„Es drückt so im Magen und hier tut es auch weh". Manfred zeigt auf seinen rechten Oberarm.
„Ach, du sollst auch nicht so schnell essen, das liest man immer wieder, dass man langsam essen soll. Und im Arm hast du bestimmt Muskelkater, das gibt sich". Ilse liest ein spannendes Buch und will ihre Ruhe haben Schließlich schläft sie ein. Nach einer halben Stunde wacht sie auf und dreht sich zu ihrem Ehemann.
„Na, fahren wir jetzt die Primeln kaufen?"
„Ich kann nicht, mir geht es nicht gut".

Jetzt wird Ilse ernst. „Hat das noch nicht aufgehört? Dann müssen wir ins Krankenhaus fahren." Da kennt Ilse nichts. Schließlich ist sie ausgebildete Krankenschwester. In ein paar Minuten hört man das Auto starten, Ilse sitzt hinter dem Lenkrad. Nach etwa drei Stunden kommt sie zurück, alleine.

„Der Manfred ist im Krankenhaus", erzählt sie dem Viktor, der gerade vor dem Haus kehrt.

„Warum, hat er beim Sägen was abgekriegt?"

„Der Blutdruck war zu hoch, aber es ist kein Infarkt, meinten die. Und wollen ihn zu Beobachtung dort behalten".

„Na, dann bleibt er längstens zwei-drei Tage". Viktor versucht die Ilse zu beruhigen.

„Ich pass´ schon immer auf mit dem Essen. Aber er lässt sich nichts sagen."

Viktor kennt ihn. Wenn man ihn auf den Bauch anspricht, wehrt er ab.

„Das kommt vom Singen", sagt das langjährige Chormitglied dann, „ das Luftholen, -anhalten und -heraus stoßen, das stärkt die Bauchmuskulatur".

Ja, und lässt den Bauch wachsen, wie eine Trommel, denkt Viktor. Inzwischen ziehen Wolken auf dem Himmel. Es scheint, dass das sonnige Wetter nicht halten wird. Ilse eilt in den Garten um die Liegestühle vom Rasen weg zu nehmen. Vorerst hat sie heute genug. Sie ist müde von der Anspannung. Hoffentlich wird sie schlafen können. Morgen will sie gleich nach dem Frühstück ins Krankenhaus den Manfred besuchen. Der Garten muss jetzt warten.

Am nächsten Tag sieht man die Ilse schon früh wegfahren. Erst am Nachmittag kommt sie wieder zurück, ernste Miene im Gesicht. Sie geht auf die Terrasse und sieht den Viktor Unkraut zupfen.

„Bei Manfred haben sie einen Herzkatheter gemacht", erzählt sie. „Aber nichts gefunden. Da ist uns schon der Stein vom Herzen gefallen."

„Also war es nur das Wetter schuld?" Viktor glaubt nicht, dass bei dem siebzigjährigen Nachbar alles in Butter sein soll.

„Na, sein Cholesterin ist hoch, seine Schilddrüse spielt verrückt und er hätte Übergewicht."

„Ja, dann ist er nochmal dem Teufel von der Schippe gesprungen, wie?"

„Ja." Ilse antwortet nachdenklich und räumt die Liegestühle in den Schuppen.

## Soziale Schnittpunkte in einer Stadt, in S., Österreich

## Menschen in Not

von Brigitte Prem

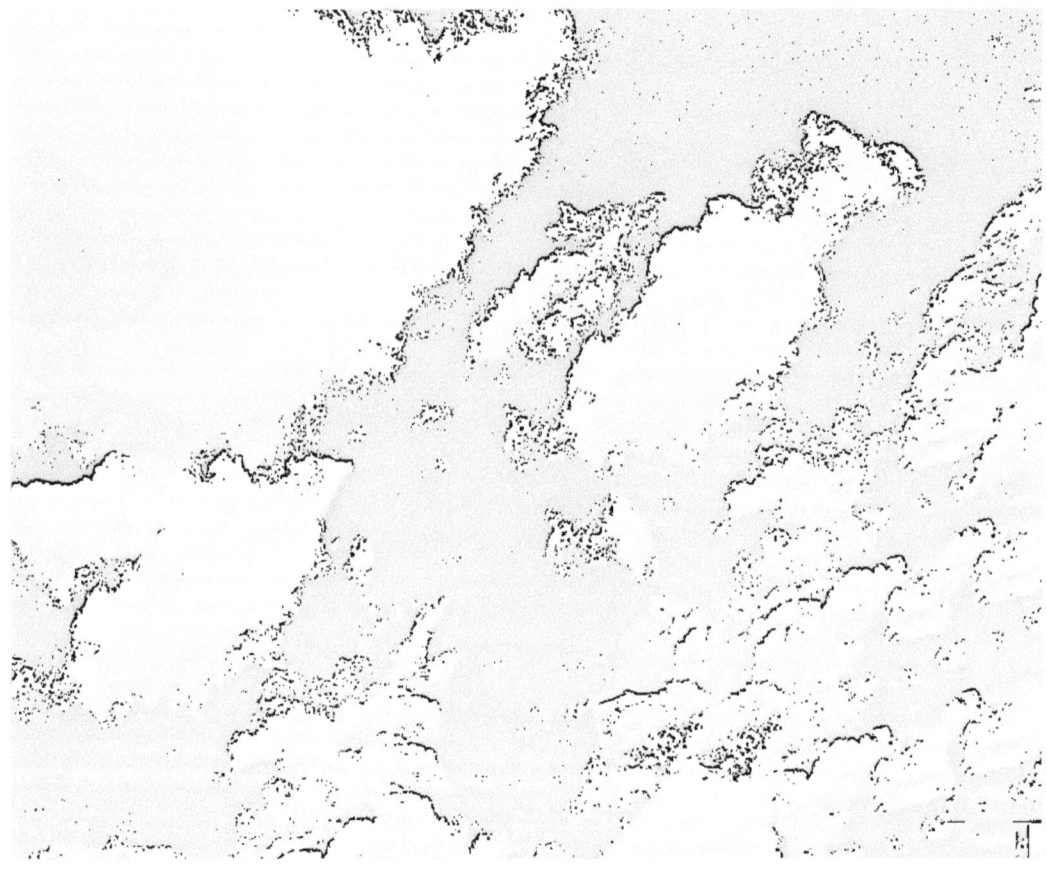

Da sitzt der Mann vor der Kirche, wirft den Vorübergehenden bettelnde Blicke zu und öffnet leicht die Finger einer Hand. Aber die Leute haben es eilig und beachten ihn nicht. Manchmal spricht er auch jemanden an:

"Einen Euro für ein Frühstück."
Er ist schon älter, hat einen grau durchzogenen Bart und die Haare hinten zusammengebunden, an der Stirn sind sie schütter. Die Kleidung ist abgetragen, aber einigermaßen sauber. Der Gottesdienst ist gleich zu Ende. Berechtigterweise hofft er auf mehr Zuwendung von den Gottesdienstbesuchern. Ich will ihn ansprechen.
"Was werden Sie mit dem Erbettelten tun? Wo leben Sie? Wie ist Ihr Tagesablauf?", das möchte ich von ihm herausfinden. Aber da taucht hinter ihm ein zweiter Bettler auf, ein junger Mann.
"Jemand wie er sollte arbeiten", denke ich.
Da zwinkert er mir zu und löst sich vom Platz. Es ist H., einer von unserer Gruppe. Ich habe mich einen Tag lang der Exkursion eines dreijährigen Kurses des Katholischen Bildungswerkes angeschlossen: "Sozialpolitisch Handeln". Die Exkursion führt durch soziale Schnittstellen der Stadt S. Der junge Mann nimmt den Kurs sehr ernst und lebt seit drei Wochen nur aus Mülltonnen.
Der Kursleiter erklärt uns, dass die Bänke in der parkähnlichen Anlage rund um die Kirche deshalb so hohe Lehnen hätten, um Übernachtungen unmöglich zu machen. Unser nächster Treffpunkt ist der Klostersuppe-Ausschank im Kloster der H.-Schwestern: Im Kloster wird Suppe einmal am Tag ausgeschenkt. Für 50 Cent, allenfalls kostet es nichts. Hier sehe ich meinen Bettler wieder.
"Er ist überall zu treffen, wo es etwas zu holen gibt," erklärt mir der junge Mann, der sich meiner angenommen

hat.

"Wie ist er zu einem solchen Leben gekommen?", frage ich.

"Verlust des Arbeitsplatzes, Scheidung, die Wohnung wurde der Frau zugesprochen. Er hat sich nicht mehr gefangen."

Ich sehe, dass eine Frau 30 Euro für die Suppe bezahlt.

"Einmal im Jahr mache ich das", sagt sie. "Vielleicht verzeiht mir dann der liebe Gott, dass es mir gut geht."

"Und die Klosterschwestern besorgen die Suppe?"

"Auch Leute aus der Pfarre. Sehen Sie die großen Töpfe dort? Die haben verschiedene Leute aus der Pfarre mitgebracht. Nehmen Sie sich doch eine Suppe. Sie schmecken alle gut."

Dann sind wir beim Lebensmittelgeschäft am K.-Platz, das Lebensmittel mit fast abgelaufenem Datum verkauft, das die Supermärkte nicht mehr verkaufen können. Einkaufen darf man dort nur, wenn man einen Armutsnachweis von der Gemeinde hat.

"Es ist ein Skandal", höre ich zwei Leute vor dem Geschäft schimpfen.

"Was meinen Sie?", mische ich mich in das Gespräch ein.

"Das Sandler-Geschäft ist im selben Bereich untergebracht, in dem das Partner-Postamt ist. Und es ist das einzige Postamt in der Umgebung. Wenn ich da hineingehe, könnten die Leute ja denken, ich bin ein Sandler."

Ich wende mich an den Kursleiter.

"Das ist beabsichtigt", sagt der. "Wirklich arme Leute

sollten keine Hemmschwelle haben, wenn sie hier gesunde Nahrungsmittel kaufen können. Da im selben Bereich das Postamt ist, ist nicht so offensichtlich, was sie hier tun."
Ich sehe auch meinen Bettler wieder. Er zeigt einen Ausweis her und kauft gefleckte Bananen. Wahrscheinlich von dem Geld, das er vor der Kirche erbettelt hat. Mittlerweile ist es Mittag geworden. Am Nachmittag geht es dann noch zur Notschlafstelle und zum Bahnhof. Am Bahnhof gibt es viele verschiedene Bettlergruppen, auch solche, in denen die Menschen kaum Deutsch können und mit Schildchen auf Gebrechen und zu versorgende Kinder hinweisen. Ich nehme mir vor, einige anzusprechen.
Beim Mittagessen sitze ich mit dem Kursleiter zusammen. Er ist schon älter.
"Warum organisieren Sie einen solchen Kurs?", frage ich.
"Ich habe jahrzehntelang Abende in verschiedenen Pfarren zu sozialen Themen gemacht," antwortet er. "Jetzt will ich einen Nachfolger finden."
"Und was versprechen sich die Kursteilnehmer?"
"Für manche ist es Ergänzung zum Studium der Soziologie an der Universität. Manche wollen sich in ihren Pfarren ehrenamtlich betätigen. Und manche hoffen auf einen Beruf als Erwachsenenbildner im katholischen Bereich."
Wir erheben uns. Es ist Zeit, zum Bahnhof zu gehen.

Herstellung und Verlag:
BoD - Books on Demand, Norderstedt
ISBN 978-3-7412-4090-4